敦煌

[日] 井上靖 著

戴焕 孙容成 译

北京出版集团
北京十月文艺出版社

新经典文化股份有限公司
www.readinglife.com
出 品

敦煌

第一章

仁宗天圣四年（公元1026年）春，赵行德离开湖南乡下老家，前往京城开封赶考进士。

这是一个以官为贵的时代。自太祖时起，朝廷为防止武将专横跋扈而重用文官，这个惯例从太宗开始沿袭，至仁宗未尝有变，各军事要地也都派文官驻守。因此，有志之士都苦读诗书，期望有朝一日能步入仕途。中进士，就是第一步。

仁宗的上一代皇帝是真宗，他曾经亲自作《劝学诗》昭告天下：专心治学、科举及第才是通往荣华富贵之捷径。

富家不用买良田，书中自有千钟粟。
安居不用架高堂，书中自有黄金屋。

出门莫恨无人随,书中车马多如簇。

娶妻莫恨无良媒,书中自有颜如玉。

男儿若遂平生志,五经勤向窗前读。

考生如果成绩优异,必加官晋爵,一路青云,官至宰相也未尝不可得。哪怕成绩平平,只要榜上有名,也有机会被任命为各州的通判。所以正如真宗诗中所写,只要读书好,黄金美人,唾手可得。

赵行德进京赶考这一年,各地考生云集京师,进京者多达三万三千八百名,其中仅五百人将金榜题名。自春及夏,赵行德逗留京城,一直借宿在西华门附近的同乡友人家里。这段时间,开封城内遍地举子,有老有少,熙熙攘攘。赵行德以优异的成绩通过了礼部各科考试,包括帖经、杂文、时务策五道、诗赋等科目。

天气渐热,初夏的阳光透过榆树梢头照在京城的大路上。这一天,赵行德接到通知,去参加吏部"身言书判"的选官考试。这一关要求考生体貌丰伟,谈吐得体,书法遒美,擅写公文。这次考试过后,便只剩最后一关由皇帝主持的殿试了。殿试第一名为状元,第二名为榜眼,第三名为探花。前三甲自不必说,只要及第,前途就有了保证。

赵行德暗想,考生虽多,但能超过自己的人应该寥寥无几。他如此自负,倒也并不为过。赵行德生于儒学世家,自幼治学，至今三十二岁，书本无一日离身，此前的考试也都轻松过关。每场考试都有众多竞争者落寞而归，他却从未想过有朝一日自己会成为其中的一员。

当天，赵行德来到设于尚书省的指定考场，与考生们聚在回廊环绕的中庭待考。被叫到名字的考生，在官员引导下穿过长廊进入考场。考生们各怀心事，有人枯坐在庭院四周的椅子上，有人绕着老槐树徘徊。这天天气异常干燥，长风不止。赵行德见迟迟轮不到自己，就在角落里的一棵大槐树下席地而坐，既百无聊赖又坐立不安。不知不觉，些许睡意袭来，赵行德慢慢地闭上了眼睛。他两臂相抱，脸颊微扬，让自己放松下来，耳边时而传来被叫到的新名字。不多久，那声音就在赵行德耳中渐变渐远。

不知何时，赵行德进入了梦乡。梦中，他站到了天子的面前。赵行德被带进考场，房间两侧坐满穿着官服的高官，中间放了一把椅子。赵行德面不改色地走过去落座。这时，他注意到前方约两米处有一高台，垂着薄薄的帘幕。

"就何亮的安边策，阐述一下你的意见。"

提问来自帘幕之内，那声音意外浑厚。所谓"何亮的安边策"，是指距今三十年前，至道三年（公元997年）永兴军通判何亮视察灵州屯田后，就边关问题上呈给真宗皇帝的奏疏。当时西夏屡次进犯西部边疆，朝廷焦头烂额。西夏问题始于建国初期，太祖晚年时已成为朝廷之大患，至何亮上书时形势最为严峻,延患至今。

西夏原是西藏党项族所建小国,自古盘踞于五凉之东。五凉是夷夏混居之地,除党项族外,尚有回鹘、吐蕃等诸多少数民族聚居于此,也有几个部族建了国,但都不足为患。只有西夏一支,自太祖时期日渐强大,不仅欺压其他部族,更是屡犯宋西部边境。西夏表面臣服于宋,却暗与宋的宿敌契丹交好,受其册封,这种反复无常的态度让朝廷大伤脑筋。灵武紧邻五凉,几乎每年都会遭受西夏铁骑蹂躏,就在何亮上书的前一年,朝廷甚至有人主张放弃灵武。

何亮在安边策中,将宋此前对西夏的政策分为三种,逐一严加驳斥,毫不留情地指出了弊端所在,认为皆不可取。这三种政策分别为放弃灵武、兴师征讨、姑息优容。如果放弃灵武,西夏疆域扩大后很有可能与西域各族联合,导致宋无法得到五凉东方出产的良马。想要兴师征讨,又苦于戍边兵力不足、粮草匮乏,难以实现。小部队出击恐粮草被断,大军征讨则难免滋扰百姓。姑息优容政策虽可望换取短暂和平,却正中西夏之下怀,更何况西夏狼子野心,必将吞并五凉境内其他少数民族,成为今后之大患。

最后,何亮提出了自己基于现实的建议,认为可行之策是在西夏劫掠西境之际,于其进军基地的水草地带筑城一座,静候西夏大军来袭,再将其一举歼灭。此前朝廷与西夏交战未能取胜,皆因无缘与其主力决战,在持续不断的沙漠追击战中空耗兵力。如若敌方主动来挑战，即可轻易剿灭。若西夏军按兵不动，则再筑一城。一为城一为塞，遥相呼应。维持一城，耗资巨大。两城，则可令附近的贫民屯田自力更生，再择良将守城，施以恩信，慢慢招抚。

赵行德表明了自己对何亮安边策的支持："朝廷当初未能听取何亮的建议，而采取了他所反对的姑息优容方针，致使边境问题遗留至今，实在愚蠢。今日放眼西望，甚感遗憾，一切皆如何亮当年之所预见。"

他越说声音越激昂。周围有人掀椅子，有人敲桌子，怒喝声与咒骂声此起彼伏。但既已开头，赵行德决心把话说完。他再次开口道："如今，西夏已征服周边戎狄，日益强大，很快将为我国之大患。然朝廷须常年养八十万大军备战，耗费巨大，且战马产地落于敌手，难以保证供给。"

赵行德看见天子所居之处，帷帐被猛地拉开，下一个瞬间，更见一群男子向自己扑来。他想要站起身，不知为何，脚下却不听使唤，身子向前倒去。

就在此时，赵行德从梦中惊醒。他发现自己身子前倾，几欲扑倒，忙直身环视四周。中庭内已空无一人，唯有刺眼的阳光照射其上。角落里，一名穿着官服的小吏正居高临下地看着他。赵行德拍去掌中沙尘，站了起来。刚刚还满是考生的中庭里，如今已不见人影。

赵行德喏喏道："考试……"

穿官服的人只是轻蔑地看着他，并不作声。赵行德顿时明白了，自己居然不小心睡着了。他在梦中对天子一抒胸臆的时候，现实中已经错过了最重要的考试。大概考官叫到了他的名字，可他睡得太沉，竟没有听到。

赵行德向出口走去，离开尚书省，穿过寂静无人的府前大街。他失魂落魄，走过了一条街又一条街。殿试上一展才华，御宴上与高官同席，"白衣公卿，未来宰相"的荣光……如今，这些都化成了一场梦。

赵行德的心中忽然浮现孟郊的七言绝句：春风得意马蹄疾，一日看尽长安花。此诗作于孟郊五十岁之时，当时孟郊得中进士，作诗感怀。而此时赵行德身边哪有长安的牡丹花，有的只是如火的骄阳，灼烧着他心灰意冷的身子。更让他郁悒的是，进士考试每隔三年才有一次。赵行德漫无目的地走着，此时只有行走才能让他不被击溃。不知何时，他来到了城外的集市。夜幕即将降临，衣着褴褛的男男女女在狭窄的小路上成群攒动。道路两侧多是售卖食品的铺子，支着大锅烹饪鸡鸭的店铺一家挨着一家。油脂的焦味混杂着汗水和尘土，四周散发出呛鼻的怪味。还有的店铺檐下挂着烤羊肉、烤猪肉。赵行德从早晨起来还没吃饭，现在终于感到腹中发空。

拐过几个弯后，赵行德发现前方黑压压的，人潮涌动。狭窄的道路本就拥挤，这样一来更是水泄不通。赵行德透过人群向中间望去。

首先映入眼帘的竟是一个女子赤裸的下半身。人群中间有个木箱,上面放着厚厚的木板,女子仰面躺在上面。赵行德又往里挤,这下越过众人肩头看到了女子的上半身。女子一丝不挂地躺在那里,一眼便知绝非汉人。肌肤虽不甚白,但体态丰满,肌如凝脂,有一种赵行德从未见过的光泽。那张仰起的面孔,颧骨突出,尖下颌,眼睛微陷,眸色略深。

赵行德又往前挤,这回看见就在横卧的女子身旁,站着一个赤裸上身的彪形大汉。他面目狰狞,手持大刀,瞪视着围观的人群。

男人环视着人群,大声吆喝道:"快来买了,部位任选!"

看热闹的人们骚动了一下,但目光并未离开这罕见的商品。

男人又吼道:"怎么?没人敢买吗?真是一群软骨头!"

周围还是无人作声。这时,赵行德从人群中走出,他实在按捺不住了,问道:"这女子到底犯了哪般王法?"

持刀大汉转眼盯住赵行德,答道:"这个贱货是西夏娘们,勾搭有妇之夫,还想杀害原配,是个十恶不赦的贱女人。今天老子把她剐了卖了。客官,要哪里便拿去。耳朵、鼻子、奶子、屁股,随你挑,按猪肉价拿走!"

说这话的男人也非汉人。他眼珠泛蓝,胸毛发黄,厚实的肩膀呈褐色，上面刺着诡异的文身，似乎是某种符咒。

赵行德问道："她本人同意了吗？"

未等男人回答，那横卧的女子忽然开口："任杀任剐！"口气虽粗鲁，但声音高亢清澈。

听闻女子此言，人群瞬间又骚动起来。赵行德一时无法判断，这女人是认命了，还是在说气话。

"真是群没用的东西。都多长时间了，磨蹭什么？是买不起吗？那我就来点让你们买得起的。指头怎么样？嗯，指头？"

只见寒光一闪，男人手起刀落，随之传来刀刃剁在木板上的声音。与此同时，女子的口中也发出叫声，似呻吟又似惨叫。赵行德看见鲜血喷涌，还以为是女子伸到头上的胳膊被砍掉了一只。但砍掉的不是胳膊，而是左手的两根指头各少了一截。

围观的人群骚动着向后退了几步。

"好，我买了！"赵行德不禁喊道，"整个人都买下！"

男人确认道："当真？"

这时，那女子忽然撑着滴血的手坐起身，将充血的脸庞转向了赵行德。"还真对不起了，恕不整卖。想小瞧我们西夏女子，那你就错了。买就切碎了买。"

说完，女子又仰面倒下了。赵行德一下子没弄明白女子到底在说什么。当他意识到女子误会了自己，忙解释道：

"别误会，在下并无歹意。我从这人手中把你买下，你想去哪儿就去哪儿吧。"

说完，赵行德就去和男人谈价，男人要价不高，很快就谈成了。赵行德按价从怀中掏出银子，放到木板上，说："放她走吧。"

男人抓起钱，用赵行德听不懂的语言对女子大吼大叫起来。女子缓缓地从木板上直起身。

这意外的结果让围观者都呆住了。赵行德穿过人群，离开这是非之地，向巷口走去。走出十六七丈远，赵行德被人从身后叫住，转头一看，是那女子跑了过来。女子身上穿着简陋的胡服，左手已用破布包起。

"我可不想白白受你施舍的钱。把这个拿去。我也只有这个了。"女子凑近，边说边递过一块小布片。也许是失血的原因，她脸色苍白。

赵行德接过布片，展开来一看，上面画着些形状奇怪的图案，像是字，共三行，每行十个字。

"这是什么？"赵行德问道。

"我也不认识，大概是我的名字和出生地吧。进伊鲁卡伊必须有这个。我已经用不着了，送给你。"

"伊鲁卡伊是什么意思？"

"你不知道伊鲁卡伊吗？伊鲁卡伊就是伊鲁卡伊啊，是西夏的首都，好像是玉之城的意思吧。"

女人那深邃的眼窝下,黑色的眸子闪闪发亮。

赵行德又问道:"刚才那男人是什么人?"

"回鹘人。他才是个恶棍。"

女子只说了这些,就迅速地消失到人群中去了,留下那块布片在赵行德手中。

赵行德又迈步向前,走着走着,他心中升起一种感觉:自己已经与从前不同了。到底是哪里发生了什么样的变化,一时还说不清楚,他就是觉得,以前认为最重要的东西,已被其他某种事物完全取代了。他开始觉得多年来一心追求功名的自己很是庸俗,为错过考试感到绝望的自己更是可笑。刚刚目睹的一幕,和他熟悉的治学读书完全属于不同的世界,至少以他现有的知识难以理解,却拥有着一股强大的力量,从根基上动摇了他此前的思维模式和人生态度。

那名年轻的西夏女子躺在木板上时,心里想的是什么呢?对于死亡,她丝毫也不畏惧吗?是什么让她拒绝把整个身体卖给他呢?是那所谓的贞操观念吗?还有那个要把活人肢解卖掉的男人的心理,砍掉女子手指时的惨烈,这些都超出了赵行德的理解范围。可那女子却能泰然不动。赵行德感到他的心被一种强大的力量紧紧抓住了。

当天晚上,赵行德回到住处后,又将女子赠他的布片拿到灯下仔细查看。布片上不过三十个字,形似汉字又不是,竟一个字也不认得。这就是那女子生长的西夏国的文字吗?

西夏人竟然有自己的文字，这也是他第一次知道。

赵行德反复端详着女子给他的布片，脑海里浮现出一位老人。他是进士考试时的主考，年纪六十上下，既然能当主考，必定有极高的学问，从他说过的寥寥数语中已足以见得他在典籍上颇具造诣。赵行德只在考场见过那老人几次，对他并不了解，却觉得这位老人也许认得这奇怪的文字。

第二天，赵行德打听到老人是礼部的长官，于是前往府衙拜访。此时他心里已不再为错过考试而难过，真有些不可思议。赵行德第三次求见时，终于得到了老人的召见。

赵行德来到老人近前，将布片呈了上去，请其解读。老人板着面孔，盯着布片看了很久，头也不抬。赵行德把他得到布片的经过一五一十地讲了出来。老人这才把目光从布片移开，说道："这文字我不曾见过。契丹文字和回鹘文字，老朽都略知一二，却不知西夏也有自己的文字。想必这造字是最近之事吧。模仿汉字而已，无甚可取之处。"

赵行德说："即便如此，一个民族有了自己的文字，这是一件大事。若将来西夏强大了，所有来自西方的典籍，都会被翻译成西夏文。之前西边的文化传至我国，虽途经西夏，却并未受其影响，而从今以后就有可能被他们截留了。"

老人沉默了片刻，说道："不必过虑。西夏不可能强大至此。"

"可是，拥有文字这事本身不就说明西夏已跻身大国之列了吗？"

"戎狄之辈，领土稍有扩大，便欲模仿他国以自夸。说到底，西夏也只是其中的一支，不足为患。"

"非也。窃以为西夏有成为大国的素质。正如何亮所言，有朝一日西夏会成为朝廷之大患。"赵行德毫不犹豫地说道。此前，在尚书省中庭所做的梦中，他也曾指出为政者应对西夏的失误之处。而比起那时，此刻他有更充分的理由对自己的观点确信无疑。西夏具有成为大国的潜力，这一点从在集市上被人出售的女子身上就可以看出来。那份视生死如浮云的从容气度，断然不是个人性格所致，而是源于西夏这个民族的血脉，一如她那略暗的眼眸。

"反正我现在很忙。"老人冷冷地下了逐客令。

赵行德意识到自己说的话惹老人不高兴了，只好告辞。这次拜访，唯一的收获就是知道了那种文字在国内尚无人可识。

老人显然对这文字没什么兴趣，但赵行德却不一样，整日脑海里都浮现着这些字。这三十个字既然机缘巧合到了他手里，不能就这样弃之不顾。

徒留京城已没有任何意义，但赵行德迟迟不愿启程。这倒不是因为无法衣锦还乡而心情沉重。他不再为落榜沮丧，甚至不想再来赶考。他的心里升起了另一个愿望，取代了进士考试。

赵行德每天都要把布片拿出来好几次,查看上面的奇形文字。从女子简短的解释中可以推断出这布片应该是西夏国的官符,类似身份证明或通行证。尽管上面的字本来并没有什么特殊意义,可赵行德坚信那里面隐藏着深远的蕴意,是任何中国古代典籍都不具有的。每次看到这文字,他眼前就会浮现出那个倔强不屈的西夏女子的裸体。

赵行德非常想弄明白这三十个字的意思,不惜付出所有努力。过去数年他一直为科举所缚,而现在这已经不再困扰他了,取而代之的是对西夏这个国家的好奇,就像旧的附体消失了又来了新的。想读懂它的文字,想踏上它的土地,更想走进聚居在那里的人们的生活。

集市上偶遇西夏女子后大约过了半个月,赵行德决心踏上西夏之行。什么何亮的安边策,什么西夏将成朝廷之大患,此时这些已从他脑海里消失殆尽。对于现在的他而言,西夏只是一个北方的神秘民族,拥有他无法解读的文字,血液里流淌着他不能理解的基因,这一切却为那女子所有。它似乎蕴含一种超乎自己想象的神秘力量,坚韧、无价,却又混沌不清。他想要去那里亲手触摸这一切。赵行德生来拥有一种执着的热情,曾经一心向往功名,而在集市上偶遇的西夏女子竟然改变了他人生的方向。赵行德再也无法遏制自己的心情,一定要去西夏一探究竟。

第二章

天圣五年正月,赵行德来到灵州附近的一个镇子,距他去年夏天离开都城开封,已过去将近半年的时光。这里是宋前线卫戍部队的根据地,两三年前还是个无名小村,只有二三十户人家。由于驻军和大批居民迁入,如今已经发展成一座新兴的边防市镇。宋军先前的根据地在灵州,北距此镇五十里,唐代以来一直设有朔方节度使,但二十五年前,即咸平五年,灵州落在了西夏手中。

灵州往西,就是汉武帝开拓的"河西四郡",也称"五凉之地",是连通中国腹地和西域的一条走廊,汉代以后一直是历朝与西域交往的根据地,一度由设在凉州的河西节度使统辖,后来移交沙州的归义军节度使掌管,一直属于中国的势力范围,但自从被吐蕃、回鹘占领之后,就成了不受管辖的化外之地。目前，多个少数民族在此建立小国，割据为政。其中最强盛的是西夏，以兴庆为根据地。此外，吐蕃盘踞在凉州，回鹘占据了甘州，汉族势力则沿用归义军节度使的名义，统治着这条走廊最靠西的沙州地区。

初到这个位于黄河西部的边镇，赵行德有些不敢相信这里居然还是汉土。汉人在居民中只占极小一部分，其他各族的人口是汉人的数倍，在城内各自聚集成小部落居住。这个边镇还统管附近的七个小镇，赵行德来这里之前曾去过其中几处，守镇军队都是由各个民族的人混杂而成，令人恍如身处异国。

在这半年的路途中，赵行德学会了一些其他民族的语言。他结识了一位会说突厥语和党项语的汉族年轻人，两人一路同行，为他学会这两种语言提供了便利。另外他还多少学了些回鹘语、吐蕃语和西夏语。然而，他一直没能看到西夏文字，也不能确定西夏是否真的拥有文字。毕竟，准确来说，汉地的西夏人不能算是真正的西夏人。他们体内虽然流淌着党项族的血，但和建立了自己的国家且日渐强盛的西夏人不同。他们游离于西夏国之外，不过是些零散的无知土著，既不是汉人也不是西夏人。

赵行德在城西北角的寺庙里租了一间屋子，靠给人代写些申报年租赋役的文字维持生计。他打算在这里待到春天，等雪融化后再前往五凉之地。这段时间里，正月降雪四天，二月降雪六天，三月则有三天降雪。尽管天气严寒，城里却每天都有军队进驻或出征，极为喧嚣。军队里混杂着诸多民族的士兵。

西夏族的根据地在兴庆，就是赵行德在开封集市上救下的女人所说的"伊鲁卡伊"，距此只有百里之遥。最近几年，兴庆的西夏军一直避免和宋军正面交锋，宋军亦然。西夏是因为忙于征服本国周边的其他民族，而宋军则是担心与西夏开战，会让比西夏还强大的契丹有机可乘。因此，两军之间暗潮汹涌，气氛紧张，随时可能爆发大规模冲突。

冬去春来，和煦的阳光开始照耀在城外的沃野。一日，赵行德向边镇官府提出申请，希望获得批准去凉州。因为冬天里赵行德认识了几位回鹘商人，已经私下商定随他们一同前往凉州。不料，三天后申请被打了回来，上面赫然盖着"不准"二字。

凉州是一个较小的城邦国家，由吐蕃的分支折逋氏一族所建，国内各族混居，其中汉族约有五百户，散居于城内外，从事农耕。凉州位于河西走廊的东端，既是交通要道，又以出产良马闻名，自古就有"凉州之驹冠天下"的说法。正因如此，凉州也成了各族的必争之地。西夏曾多次出兵意欲拿下此地。大中祥符八年（公元1015年），西夏一度赶走当地的豪族，占领了凉州。第二年，当地人在回鹘的支持下反攻，西夏又被迫撤离。此后，西夏每年都会派兵前来骚扰,烧毁房屋,抢夺良马,但不敢长期占领此地,这是担心宋会出兵阻止,因为西夏占据凉州,受损最大的便是宋。

宋、西夏、盘踞在甘州的回鹘,都视凉州为必争之地。宋与西夏的大部分军马来源于此地,而回鹘人则借贩卖马匹牟取暴利。

宋夏两国若大动干戈,凉州必定成为导火索。这已是熟悉边疆形势人士的共识。赵行德的凉州之行被拒的时候,正是西夏要大规模进犯凉州,而宋军也日趋活跃、加紧防范的时期。

赵行德并非不了解这些情况,他知道各方军队都在蠢蠢欲动,却认为不至于立刻开战。凉州城里住着很多西夏人,他们与土著民、汉人以及其他民族的人生活在一起,自由往返于西夏都城兴庆和这座边镇之间。赵行德是汉人,不能直接去兴庆,但到了凉州,总会找到机会。

这天清晨,赵行德趁天光未亮便起床,将自己的马拉到了厨房后面。这是他从开封出发后换乘的第三匹马,在环州买的。他正把随身行李载上马背,寺院的仆役走出来询问他在做什么。赵行德只得对如影子般站在微暗中的仆役如实相告,说自己打算混在回鹘人的商队中去凉州。仆役听了大惊失色,盯着瘦小的赵行德看了半天,说:"一旦被发现,你这可是砍头之罪啊。"

"怕掉脑袋，就什么都做不了。"赵行德答道。他料到路上会有危险，却丝毫没有感到畏惧。"不说这个，帮我把这些装上马背吧。"赵行德指着脚下的行李说道。赵行德长得瘦弱，对他来说，这才是当下最大的难题。

东方渐白，赵行德跟随回鹘商队向城门走去。商队由二十头骆驼和三十匹马组成，赵行德跟在队伍最后。由于赵行德没有正式的手续，商队队长悄悄给守城军人送了一匹杭州丝绢。靠着这份打点，一行人顺利出了城门。商队穿过平原，一路向西。一望无际的大平原上，阡陌纵横，树木渐露新芽。到了中午时分，青葱的绿色渐渐淡出视野，四周已是一片灰色。未见起风，却沙尘漫天，队尾完全湮没在其中了。傍晚，商队进入黄河流域。第二天一直远眺黄河，与河道平行而行，第三天进入毗连贺兰山脉的高原地区，第四天下午走出高原来到水草地带，第五天开始进入最艰苦的沙漠地带，用了整整两天时间，才穿越沙漠，重见绿色。凉州越来越近了。

到达凉州前的最后一夜，一行人宿营在平缓的山坡上。夜半，远处忽然传来大队人马行进的轰鸣声，众人从梦中惊醒。赵行德大惊之下奔出帐篷，只见成百上千的骑兵正在行进。四周没有月光，只有些许微光朦胧如烟，那黑压压的人马向凉州方向疾驰而去，犹如奔腾的大河。各路人马之间相隔一小段距离，一队又一队地接连进发。

"开战了！开战了！"

骑兵全部通过之后，一直屏息而望的回鹘商人们立刻骚动起来。他们收起帐篷，牵出骆驼与马，在冬日般刺骨的料峭春寒中慌乱地装载货物。

一行人决定放弃凉州，改向北行。就在这时，远处再次传来了如雷般的嘶鸣声和马蹄声。听声音，离商队还有一段距离，但他们疾驰而去的方向，却正是商队打算前往的北方。战斗到底发生在哪里，北边还是南边？昨晚那些骑兵与刚经过的骑兵是敌是友？人们惶惑无凭。

一整天，商队都在四处转移。可是无论东西南北，走到哪里都能迎头遇到军队，并且无从辨别这些军队到底属于哪个国家。远处的丘陵上，也有几支商队在东躲西藏。

东奔西走了一天，全是徒劳，到了晚上，商队还在丘陵的山腰处打转。重新商议后，大家决定按原计划前往凉州。待夜深，由骆驼、马匹和商人组成的长长队伍向西开拔。

军队行进的声音依然不绝于耳，时远时近，但商队不为所扰，一路前行。东方渐白时，队伍却突然大乱，马惊驼奔。原来有几十支箭飞来，落在队伍的周围。

面对这突如其来的混乱，回鹘队长命令队员们舍弃驼马货物，迅速向凉州方向逃命。很快，人们依令四散，朝向西面的原野奔去。只有赵行德不舍弃马而去，马背上装着他的生活必需品。赵行德本想骑上马背，但为了避免为流箭所伤,他只能牵着驮着货物的马飞奔起来。

太阳高高挂起时,赵行德来到了白沙原上。白沙含有盐分,因日光的变化忽青忽白。赵行德停下马,开始吃早餐。这时,他发现沿着自己奔来的方向,走过来一群骆驼和马。看上去像是哪里的商队,只是队形散乱,似乎没有带头人。

一大群牲口越来越近,赵行德吃惊地站了起来。居然是今早他们商队扔下的骆驼和马匹!牲口走到他的身边,很自然地停了下来。有一头骆驼背上中了一支箭。

休息过后,赵行德带着这群无主的骆驼和马匹开始前进。这回,他和他的马走在队伍的最前面。下午,赵行德听见远处传来喊杀声,战场似乎离得很近。只见四面低矮的山丘连绵起伏,应该已经接近凉州,却看不见绿洲。

赵行德在矮丘之间发现一眼清泉,周围稀疏地长着几棵树。虽然时间尚早,他仍决定在此露营,于是叫停了随行的骆驼和马匹。他已极度困乏,顾不得毒辣的阳光斜射在身上,在草地上倒头就睡。

不知过了多久,赵行德被骆驼的悲鸣和马匹的嘶叫声惊醒。明明是在夜里,四周却亮得让他恍若梦中。骆驼和马匹惊慌失措,来回走动,周身红彤彤的,像是烧熟了一般,十分醒目。远处的喊杀声惊天动地,衬得眼前的大漠更加宁静澄明。

赵行德跑上山坡,发现不远处的旷野上,一柱火光直冲云霄。火光中,骑兵队正在酣战。显然是主力部队在交战,但赵行德只能看见局部,几队骑兵在火光和黑暗中冲进冲出,严整有序。

突然,四周比之前又亮了几倍。右边山坡上一道火柱再次冲天而起。与此同时,咫尺之外,喊杀声突起,那声音分不清是人是鬼。就在眼前的山坡边,几百名骑兵由西向东冲杀而过,伏在马背上的骑兵的身姿清晰可见。紧接着,所有的山坡间都响起了喊杀声。

赵行德跑回宿营地,拉起自己的马就走。其他骆驼和马匹也跟了上来。他心里只有一个念头,必须尽快离开这里。周围亮如白昼,四面八方激战正酣,成千上万的人马正在疯狂厮杀。赵行德拼命向暗处逃去。当他终于脱离火光,钻进黑暗里时,才发现这里也是战场。四周暗了下来,耳边能听到利箭带着寒气破空而来。

赵行德意识到他和这些骆驼马匹已处于无能为力的境地,只能听天由命了。他索性放慢脚步,信步向前,心里打定主意,不管遇到什么障碍都不再躲避,坚持前行就是目前最好的选择。赵行德牵着马,一会儿走进漫天火光中,一会儿消失在茫茫黑暗里,向着西方稳步前行。越过尸横遍野的战场,越过丘陵,越过湿地,一直向前。

拂晓时分,赵行德发现前方矗立着一座高耸的城墙。几股黑烟从墙头升起,染黑了天空。黑烟未及的天空,则泛着异样的红色。赵行德清点了剩下的牲口,安顿它们休息。有六头骆驼和十二匹马,像忠实的仆人一样,追随着赵行德的马,一路走来。四周安静异常。

赵行德决定原地休息。他看见正有部队从右侧城门鱼贯而入,骑兵和步兵交叉排列,队形整齐,花了很长时间才全部进城。

赵行德等到再没有人进城,这才拉起自己的牲口群,向城门走去。可没走多远,又停了下来。就在前方大概两百米处,又有新部队出现,与方才一样队形整齐,正在做进城准备。

赵行德想赶在他们前头进城。他牵着骆驼和马,来到城门前,又停下来清点了自己的牲口,然后向土筑的高大城门走去。

一进城门,战场特有的尸臭味就扑鼻而来。城门内是一段上坡,上了坡是一个广场,里面聚满了士兵。

迎面走来一名汉人士兵,赵行德赶忙问道:"这是哪里的部队?"

"你说什么?"士兵翻眼瞪着赵行德。

这时,几名士兵边喊边跑了过来:"让开!"

喊的是汉语。赵行德急忙拉着牲口避到一边。刚才在城门外看见的部队进城来了。

"这是哪里?"赵行德再一次问身旁的士兵。

"你说什么?"士兵恶狠狠地瞪着他。很快,就有几名士兵跑过来抓住了赵行德。城内似乎起火了,浓烟透过前方的树林不断冒出。士兵们将赵行德两臂架起,强行让他与牲口群分开。道路狭窄不平,穿过了一片低矮拥挤的小房子,来到一处安静的街区,房屋外都砌有长长的土墙。如果没有战火的洗劫,这里应是一片和平富庶的繁华城邦。赵行德被拖着穿过了几个街区,所经之处,看见的都是士兵,没有一个百姓。

不久,赵行德被带进一座大宅邸,四周高墙围绕,院内建筑布局疏落,每幢房子周围都有宽敞的空地,到处挤满了士兵。赵行德被带到一幢房子前停下。士兵们一下子围了过来。他们都是汉人,与赵行德有着相同的面庞与肤色,说着相同的语言,却对汉地之事一无所知。

赵行德问眼前的士兵老家在哪里。对方先是说了一个赵行德不知道的地名,而后大概觉得这个提问是在侮辱他,突然一拳打了过来。赵行德只得小心翼翼地找其他士兵搭话,结果再次被没缘由地打倒在地。

此后,赵行德一开口便挨打。他不明白为什么会这样。这时,一位看上去二十八九岁的队长走了过来,盘问起赵行德的姓名、籍贯以及来此的经过。

赵行德一一如实作答,还是每答一句便挨一次打。耳光重重地打在脸上,每次他都觉得自己的身体仿佛一下子飘起来，在空中变成一根木棒，歪斜着，最后横着落回地面。赵行德不再说话。他猜问题大概就出在语言上。一顿暴打之后，赵行德被剥光衣服换上了军服。他知道，穿上这身新衣服，自己便和那些士兵看上去一样了。随后，赵行德被带到不远处的另一座宅邸。那里也全是军队，士兵们在广场上三五成群地站着用餐。

赵行德按指令站到广场的一角，立刻有一群士兵围了过来。这次，赵行德没有开口，以免再次挨打。其中一名士兵走到赵行德面前，递给他一个馒头，说道："快吃。马上出发了。"

"去哪里？"赵行德问道。

士兵们也不清楚，只知道是去和回鹘人作战。赵行德知道，他已经稀里糊涂地成了一名士兵，尽管他连自己在哪里、进了谁的军队都还没弄清楚。

当晚，赵行德侥幸躲过了和回鹘人的战斗。他和其他十几名士兵一起，被派去看守城外的牧马场。在那里，他才明白自己所在的是西夏的汉人部队，这座城池就是凉州，已被西夏正式占领，而回鹘军是来救援凉州的。

原来，西夏已经做好与宋军正面冲突的准备，发兵仅三天就从吐蕃手中轻取凉州。

阴差阳错，赵行德就这样被编入了西夏的汉人军队，在凉州度过了天圣五年,迎来了天圣六年。

自赵行德到凉州后,就只见过军人。原来,西夏占领凉州后,青壮男子全被收编军队,老弱妇孺则被赶到城外种地,或是在水草地带从事放牧。

凉州土地肥沃,物产丰饶,一出城就是良田千里。西夏占领凉州,等于将河西第一粮仓成功收入囊中。另外,这附近出产的马匹号称天下第一,环庆马位居第二,秦、渭等其他地区所产马匹虽骨骼粗大,但行动笨拙,不适于作战。凉州城北是一望无际的牧场。从城楼放眼望去,成群的战马星星点点地散落在广袤的牧场里。因管理这些马匹需要大量人手,西夏占领凉州之后,没有杀害百姓,而是将他们收入军队或赶去城外农耕牧马。

其实,不止凉州百姓,西夏人也一样。男性一律从十五岁开始服兵役,分正规军和杂役两种。正规军配军马与武器,全副武装。没有编入正规军的,就被安排做杂役,以减轻军队负担。其余不服兵役的人,全部遣往灵州、兴庆附近土地肥沃的地方从事农耕。

驻扎在凉州附近的西夏正规军号称五十万大军。另外还有由各族俘虏组成的杂牌军十万人。此外,灵州、兴庆共两万五千人,边境一带还驻扎有七万人。

赵行德所在的汉人部队是正规军的先锋部队,称为"前军",精选汉人中的勇者组成,每逢战斗,必打头阵。这支队伍中既有俘虏，也有世代居住于此的当地百姓，但聚集于此的都是勇猛善战的年轻人。至于赵行德，恰巧在战斗的第二天来到凉州，就误打误撞被分配了进来。

部队每天都在城外练兵。赵行德虽然天生瘦弱无力，但也全力以赴，刻苦训练。不能当兵的人，会被发配到黄河流域以外去开垦荒地。在凉州当兵再苦，也总比被发配到荒地去好。

这一年里，赵行德经历了三场与甘州回鹘人的战斗。每次他都受伤昏迷，其中两次还受了重伤，不过都被马驮了回来。西夏士兵出战前都用钩锁将自己和马绑在一起，即使阵亡也不会落马。因此，每战过后，都有大量战马驮着死者、伤者、昏迷不醒的人回到部队。

战斗中赵行德的任务是策马直冲敌阵，同时用安在马鞍上的旋风梭发射石头。赵行德的力气不够在马上挥舞兵器，但发射旋风梭不需要太大力气，作为泼喜陡（即射手），身轻体小反倒是个优势。

这三次战役中，赵行德都担任射手，他只管低伏在马背上，头也不抬，专心射石。再英勇的人，在敌阵中冲杀都非易事，幸亏胯下战马不用下令也懂得载着主人狂奔猛突。赵行德总是在中途就失去意识，待醒来时已经回到己方阵营，被战友救下马来。到底是怎样穿过敌营又安然返回，赵行德自己也不清楚。

第三次出战时，赵行德身负多处刀伤，苏醒时同伴正在为他救治。到底是何时负伤，他自己都不清楚，估计是在昏厥之后。几场战斗过后，赵行德觉得打仗也不难，只要射出几颗石头，昏厥也好，受伤也好，一切由命，连出阵和归阵都由马负责。

不打仗的闲暇时间，赵行德就四处打听，看是否有人懂西夏文字，但他所在的部队里没有一个人识得，甚至连西夏是否有文字也没有人知道。兴许军官里有人认识，但作为一名小兵，他没有机会接近长官。能搭得上话的几名长官，不要说西夏文，连汉字都不认得。

灵州和兴庆有西夏的政府机关，商业也繁荣，生活中有可能用到文字，可凉州是军事前沿，人们的生活与文字完全无缘。

就这样，赵行德在凉州蹉跎了一年时间。到了天圣六年，部队里盛传西夏不久将对甘州发动大规模进攻。这倒也在意料之中。西夏自占领兴庆和灵州以后，又越过大漠吞并了凉州，下一个目标自然就是甘州。甘州是回鹘人所建的一个小国，此前一直与西夏为敌。赵行德也猜测进攻甘州的日子不远了。

三月底，城外忽然喧嚣起来，每天都有军队集结驻扎。夜晚登城四望，广袤的旷野上燃满了军队的营火。驻扎在城内的各部也开始忙着检查武器装备。

四月初的一天，西夏王李德明的长子、全军统帅李元昊前来检阅，军队全部被召到城外的广场上集合，赵行德所属的汉人部队排在最后。检阅进行得十分缓慢，赵行德他们从清早列队，直到日落才轮到接受检阅。正值夕阳西下，金色的残阳给广场、城墙、东边的水草地带、西边的草原都染上了一层红色。赵行德第一次见到了这位传说中的西夏少帅。他看上去二十四五岁，身长五尺有余，虽不魁梧，却自带威严。夕阳中，李元昊浑身散发出耀眼的光芒。

李元昊从队伍前慢慢走过，目光从头到脚扫过每名士兵。检阅完毕，走向下一名士兵时，他总是会给前一名士兵留下一抹微笑。他的目光沉静有力，直沁人心。每名士兵都倾倒在他的凝视中，心中腾起一腔热情，愿意为他献出生命，在所不惜。

赵行德觉得非常不可思议。自己居然成了李元昊的部下，居然曾经为他舍生忘死，今后还会继续为他征战疆场，而且，自己居然对此毫不抗拒。

阅兵结束回到城内后，赵行德被长官朱王礼叫了过去。朱王礼手下管着百十人，他四十出头，屡建战功，其勇猛在军中无人比肩。

"听说你小子把名字写到衣服上了？"朱王礼边说边盯着赵行德的衣服上下打量，很快目光停到了一处，指着那上面写的"赵行德"三个字问道，"这是你写的？"

"是。"赵行德答道。

"我要是认字,早当大官了。打了这么多胜仗,就因为不认字才爬不上去。今后我会关照你的。上面来指令时,你来给我读!"朱王礼说道。

"没问题,随叫随到。"赵行德爽快地答道。他在心中暗想,和这位骁勇善战的上司套上关系,倒也不是坏事。

"正好,现在就有一封。"朱王礼把手里的一块布递给赵行德看。

赵行德上前一步,一眼便知那不是汉字,而是和汉字相像的西夏文,也是赵行德绞尽脑汁不得解的奇妙文字。赵行德说,这不是汉字,他不认得。

"不是汉字就不认得?"朱王礼鄙夷地看着赵行德,接着又喝道,"行了,下去吧!"

赵行德没有听从命令,而是解释道:"这是西夏文。只要找到认识这种文字的人,我两三天就可以学会。我一直想学西夏文,您派我去兴庆学吧。我很快就能为您效力了。"

"当真?"朱王礼目光锐利,端详了赵行德一会儿,说道,"好!这一仗,你小子若能活着回来,我就让上面派你去学西夏文。我说话算话。只要咱俩都活着回来,一定让你学西夏文。记好了!"

这次换赵行德提问了。他想知道朱王礼不识字,又怎会发现他衣服上的名字。

"不是我，是李元昊。"朱王礼再不肯多说。

这次之后，朱王礼经常传唤赵行德，交代他做一些事情。赵行德识文断字这事似乎让朱王礼对其大感兴趣，甚至对他产生了些许敬意。

五月中旬，李元昊亲率大军进攻回鹘人据守的甘州城。在出征前一天，朱王礼又把赵行德叫去，说道："我把你编入我的直系部队。以往打仗，我这支队伍就从来没败过。虽说战死不少，但活下来的就赢了。特许你加入。"

听了这话，赵行德一时不辨悲喜。

朱王礼又道："若赢得了这场，我要为咱们部队建碑。到时，由你来写碑文。"

"建在哪里？"

"天知道。也许是沙漠，也许是甘州附近的村落里，到时再说，赢在哪儿就建在哪儿。这是场硬仗，说不定全军覆没。"

"死了要怎么建？"

"谁死了？老子吗？"朱王礼目光一闪，喝道，"老子保不齐就不死。就算死了，碑也要建。"

"要是我死了呢？"

"你死了就麻烦了，我得想办法让你活着。不过，这可不好说。出征前夜和我说过话的人都死了。你这家伙没准也活不成。"

这新晋队长说话可真难听,赵行德这样想着,却并不觉得死有多可怕。他只管接着问,碑文用汉字写还是西夏文写。

"笨蛋!"朱王礼吼道,"当然用汉字写。老子又不是西夏人。西夏文那东西,宣读命令时用就够了。"

据说朱王礼原是驻守灵州的宋军士兵,灵州陷落时当了西夏的俘虏,后来被编进了前军。当然这些都是传闻,没人和他本人对证过。据说朱王礼深以为耻,要是有人谈及此事,他就会勃然大怒,让人无法收场。

赵行德喜欢这位四十出头的勇士。

第三章

攻打甘州的西夏大军源源不断地自凉州出发,从拂晓到第二天黎明,持续了一昼夜。二十万大军分作十余支部队,间隔半个到一个时辰,不分昼夜地开出城门,经城北的水草地带向西进发。每支部队都是骑兵先行,长长的步兵队伍紧随其后,数百头骆驼满载着粮草跟在队尾。

赵行德所在的前军部队也被分成了若干支,每支部队的士兵一半以上是汉人,其余来自阿夏、党项等多个民族。赵行德的部队是第一批出发的。穿过水草地带后,沙土地、碎石地和泥土地交替出现。出发当天下午,行军变得极其艰难。

凉州到甘州路程大约五百里。发源于祁连山脉的数十条河流在干涸的大地上冲刷出点点绿洲。第一天晚上部队在江坝河畔宿营，第二天于炭山河畔，第三天在近山的一处无名河滩过夜时，整夜狂风呼啸，如雷鸣一般。第四天早晨经过水磨河，第五天下午进入峡谷，南北两侧有高山耸立。第六天走出山谷，大军休整一日。剩下的道路相对平坦，部队改成作战队形重新出发。茫茫大漠，寸草不生。第七天、第八天也都在河畔宿营，这河像是一边流淌一边深掘着黄土高原似的，水流黄浊。从第七天开始，部队设哨兵守夜。

第九天，两天前派出的斥候回报，回鹘大军已做好应战准备，正迎头赶来。接到这个消息，战斗部队只带武器，轻装前进。

第十天早上，士兵们发现远方丘陵的斜坡上，无数黑点正组成一条宽宽的黑带向这边移动。与此同时，全军接到了开战命令。五支先头部队清一色由骑兵组成，二十名一排，呈宽阵前进。步兵和辎重则远远地跟在后面。

苍茫大漠，低缓的山丘连绵如波，两条黑带相向而行。朱王礼的部队由百余名士兵组成，前后两端分别竖着两面三角形的黄色旌旗。赵行德位于队伍三分之一处。

两军在沉默中逼近。黑点由小变大，到能互相看清对方的身影，花了很长时间。两条黑带似是互相吸引一般，距离越来越近。

突然，军鼓齐鸣，马蹄翻飞，尘土飞扬，赵行德什么也看不清了，只任由胯下战马疾驰向前冲去。一时间杀声震天，箭石横飞，排头人马一经交锋，两条黑带便迅速纠缠到了一起。两军互相杀入对方阵营，只知迎面而来的是敌军，混战在一起。

赵行德发现两侧都是回鹘骑兵，像潮水一般从对面杀来，一波又一波。回鹘骑兵彪悍异常，他们不拿缰绳，双腿夹住马身站在马镫上，双手张弓放箭。

赵行德像往常一样，低伏在马背上，连连发射旋风梭，弹出飞石。而对方的箭也不断从他的身旁呼啸而过。黄沙飞扬，人喊马嘶，震天动地。人与马在箭林石雨中奔跑碰撞，时不时摔倒翻滚，真正是人间地狱。

赵行德心无二念，只管在无边无际的战场上策马狂奔。忽然，赵行德感到周围一下子亮了起来，仿佛从漆黑阴森的洞穴中突然被抛到了刺眼的骄阳之下。赵行德无意中回头，发现朱王礼就在身后，他面目狰狞，如凶神恶煞一般。

原来队伍已经冲出阵地，摆脱了厮杀。遥望远处，惨烈的战斗仍在继续，恍如梦境。队伍掉过头来，画着半圆形，冲到了一座山坡上。赵行德不禁倒吸了一口凉气。只见敌方也有一队骑兵冲出战场，同样在远处集结成一个半圆。两个半圆像磁石互相吸引一般，逐渐缩短距离，慢慢逼近。

终于两军再次交锋，混战再起。赵行德又陷入震天的厮杀声中。这次是白刃战，刀光剑影中，喊杀声、撞击声此起彼伏。如约定好一般,双方人马再度相向而驰。赵行德扔掉了旋风梭,也不知从哪儿来的力气,发出惊人的喊声,挥舞长刀在汹涌而来的回鹘军中杀进杀出。

赵行德再一次从人间地狱被抛到了茫茫白光之中。明晃晃的阳光下,沙丘处尘土飞扬,头上有白云飘过,一切都显得有些不真实。他还在队伍中,但队伍已变得很稀疏,四下环顾,认得的脸孔寥寥可数。他寻找朱王礼的身影,却徒劳无果。赵行德一边策马飞奔,一边遥望旷野。战场已一分为二。不断有人马冲出战场,犹如茧虫吐出的条条蚕丝,四散在原野上,有的弯成半圆,有的折为抛物线,各自伸展、彼此交错,自在地画出各种曲线。这些人马组成的曲线一刻不停地跃动着,仿佛拥有生命一般。

赵行德所在的队伍再一次对着战场画起一条平缓的曲线。经过两轮冲杀,这支部队余力尚存,顽强地发起了第三次进攻,而回鹘军经过两轮鏖战,已无力整队再战。

没有了对手的队伍绕着战场转了个大圈,抛下仍在酣战的其他部队,向西方疾驰而去,跑了好长一段才停下来。战马一停,赵行德身子就栽向前,头朝下吊挂在马背上。赵行德眼前,蓝天和一望无际的白沙调换了位置,正觉奇妙时,一个满面血污的男人进入了视线,面目森然。

"活着的就你一个?"

赵行德认得这声音,是朱王礼。"您还活着?"这次换赵行德问道。

"没用的家伙！"说话间，吊挂在马背上的赵行德已被朱王礼拎了起来。

"太好了，您活下来了。"赵行德端详着队长的脸庞说道。

"你小子也活下来了！现在正要整编攻打甘州的先锋部队。跟我一起去吧！"朱王礼的语气中充满了慈爱。

赵行德再次从马鞍跌落。喊杀声隐隐传来，遥远而微弱。

其后不久，前军重整，从劫后余生的士兵中选三千精兵向甘州进发。朱王礼被任命为三百夫长，赵行德被编在其麾下。

队伍出发，赵行德被绑在马鞍上，一路昏昏沉沉，似梦非醒，任战马摇摇晃晃地前行。每当经过有泉水河流之处，部队停下来休整时，朱王礼都亲自给赵行德喂水喝。

晚上军队继续行军，直到后半夜进入了绿洲地带，才接到宿营的命令。皎洁的月色中，梨树杏林连绵无际。赵行德滚下马背，倒头就睡，仿佛死人一般。第二天早晨醒来时，才发现周围沟渠纵横，土地也都被精心耕种。耕地的尽头是低矮的丘陵，城墙依稀可见。那里便是甘州城了。

在早晨清冽的空气中，部队一鼓作气冲到城门下，数百名士兵张弓搭箭，万箭齐发，城内却不见丝毫动静。等了半个时辰，再次万箭齐发，城内还是没有动静。

赵行德瘫坐在地上，朱王礼和昨天一样，满脸血污地来到了他面前,脸上的血不知是自己的还是敌人的。他面色狰狞地说道:"敢死队由五十人组成,马上进城。你小子也跟我来。"

说时迟那时快,五十名敢死队员高举战刀,瞬间冲入城门。城门内有一潭清池,池边立着两匹马,却不见人的踪影。周围有几处人家,都围着土墙,门前树木枝繁叶盛,里面也都空无一人。

士兵们继续向城内杀去。每到拐弯处,他们都小心地排成一列,以防受到突然袭击。赵行德奉朱王礼之命,冲在了队伍的最前头。房屋越来越密集,但还是不见人影。只有一次,不知哪里飞出一支冷箭,射中了战马。看来,这里也不完全是一座空城。

每到岔路口,全凭赵行德决定去向,想去哪儿就把马头掉向哪儿。队伍转过一条又一条小巷,踏过一间又一间房屋,跑过一条又一条大路,还是看不见片踪只影。

就这样,赵行德率领五十名骑兵踏遍了全城。途中,曾有两支冷箭从远处飞过来,但都无力地掉在了地上。看来,城里有极少数人在负隅顽抗,但大部分甘州百姓已经离开了这方经营多年的家园,逃难去了。

"放狼烟!"朱王礼喝道。

意识到朱王礼是在向他下命令,赵行德立刻跳下马背。这里是一块空地,紧挨着东城门,旁边有一条路可以登上城楼。抬头一看,城楼上果然有一座圆形建筑,正是烽火台。

赵行德从另一名士兵手中接过包好的狼粪,向城墙跑去。城墙高两丈有余,站在上面,甘州城外的原野一览无余。

"弯腰!"朱王礼大喊道。

赵行德却没有理会。对死亡的恐惧已经从他体内完全消失了。

烽火台从下面看似乎不大,登上城墙一看,居然有三丈之高,颇有些巍然。旁边斜放着一架梯子,可以登上顶部。

赵行德爬上了梯子,脚下朱王礼一行的身影显得那么渺小。烽火台分两层,下层是一个房间,大小能容纳两三人,里面放了一面大鼓。赵行德继续往二层爬去,当他身体露出一半时,一下子僵住了。在烽火台上,蜷缩着一位年轻女子。只见她瓜子脸,高鼻梁,深邃的黑色眼眸中充满了恐惧。赵行德一眼就看出这是位汉人与回鹘人的混血女子。再看她的衣着,窄袖长裙外面套着对襟背心,是位贵族女子。

"不要害怕,我不会伤害你的。"赵行德先用汉语说了一遍,又用回鹘语重复了一遍,这才走上前去。

也不知女子听懂了没有,她一直惊恐地看着赵行德的一举一动。

赵行德把狼粪放到台上点着。顿时,刺鼻的气味弥漫开来,黑烟升起,直冲云霄。等到烟柱越来越粗,并慢慢飘动起来,赵行德又点燃了第二块狼粪。就这样,五柱黑烟先后升起，为城外部队及远方的大本营传递敢死队已顺利进城的消息。

做完这些，赵行德又对女子安抚道："不要担心。你先待在这儿。过会儿我来接你，送你到安全的地方去。"

"可是生意人家的姑娘？"赵行德还是先用汉语问。女子似乎听懂了，轻轻摇了摇头。

"官宦人家的小姐？"女子又摇了摇头。她脖颈上的两串项链吸引了赵行德的目光。

"王侯之女？"

女子不作声，只是默默地注视着赵行德的双眼。

"令尊是什么人？"

"可汗的弟弟。"女子终于开口了，声音细若游丝。

"可汗？"惊诧之下，赵行德又一次打量起这位年轻女子的面容。父亲是可汗的弟弟，那她就是郡主了。

赵行德告别女子，原路返回广场。朱王礼对这位唯一幸存下来的老部下说："你率先进城，带队搜索全城，又冒险完成了点狼烟的重任，勇气可嘉。日后，我一定举荐你当上三十骑长。"

众人原地等待后续部队进城。朱王礼先是派五个人去找酒，又派五个人去搜查附近民居，看是否有女子藏匿。赵行德找了块石头坐下，时不时望向女子藏身的烽火台方向。该怎样救出这位女子，赵行德绞尽脑汁也想不出好办法。

看来，只有向朱王礼坦白一切，请他帮忙。可对于这位队长，赵行德只知道他作战勇猛又不怕死，同时对自己颇有好感，但并不了解他的性情。

一个时辰后，等在城外的三千主力陆续进城，各部选定宿营地点后，给士兵们放假半天。经过数日鏖战，士兵们终于可以放纵一下。他们像饿狼一样在空无一人的甘州城内游荡。有人把捡到的女子服装套在军衣外乱舞，有人把酒缸砸碎痛饮。

夜幕慢慢降临，喧嚣渐停。整个下午，除了为女子寻找藏身之地而短暂离开以外，赵行德一直寸步不离地守在烽火台所在的城墙之下，以防有散兵游勇登上城墙，发现藏在那里的回鹘郡主。

赵行德探查了附近几处民宅，在一个大户人家的谷仓里，发现了一个可以容纳两三人藏身的地窖。赵行德决定把郡主藏在这里，便从上房搬来了寝具和铺盖，将一切布置停当。

敢死队的营房在一座寺庙里，待夜深人静，赵行德悄悄溜了出来。这时空中虽有繁星点点，地上却漆黑得伸手不见五指。

赵行德颇费周折才来到城墙下面，小心翼翼地登了上去。放眼望去，城外篝火闪烁，一直连绵到远方。看来是主力部队已经到达，在城外宿营。按说，火光之中应该可以望见人马晃动，赵行德眼中却只有篝火在跳动，而篝火与篝火之间，漆黑一片，感觉不到任何生气。

赵行德爬到烽火台的顶层，黑暗中隐约看见女子依然蜷伏在那里，和白天一样。

赵行德走到近前，低声道："已找到安全的藏身之处，速随我来！"女子却仍一动不动。片刻，才听她用汉语说"我不怕死"，那声音沉静清澈。赵行德明白，女子一时无法判断他到底是敌是友，又要把她带到何方，只能以这种方式对他发出警告。赵行德再次命令女子随他而来，就先行下了烽火台。很快，女子也跟了下来。这时，赵行德的双眼已适应了黑暗，朦胧中发现女子身材异常高挑，和他之前的想象大不相同。

赵行德让女子不要发出声音，无论发生什么情况都要跟紧他。然后，他们一步一步地摸索着走下了城墙。背后，城外旷野上星星点点，篝火依旧。

赵行德听见女子的脚步声紧跟在身后。两人穿过广场，进入小巷，又转了两个弯，来到赵行德白天选好的民宅墙外。走进院门，里面是一个宽敞的前院。赵行德示意女子在前，向正屋方向走去。

很快来到谷仓门口，赵行德催女子进去。女子却站在那里，犹豫起来。里面一片漆黑。赵行德把晚饭时留下的馒头和大葱交给女子："我先走了。这里面有个地窖，可以藏身，天一亮，你就进去，以免被人发现。"赵行德看出只要他不离开，女子就不会进去。沙漠气候，尽管白天骄阳似火，一入夜空气仍是寒冷刺骨。为此，赵行德特意搬了寝具放进地窖。看来今晚女子也不会使用了，她估计会按她自己的方式过夜，不过那也无妨。想到这些，赵行德悄然离去。

第二天，赵行德又带着他分到的早餐和水，悄悄来到了女子藏身的谷仓。向里面望去，却没有看见女子的身影。难道逃走了？狐疑之下，赵行德进门一看，原来女子按他的交代，藏身地窖里了。

赵行德告诉女子他带来了食物和水。只见地窖中伸出一只纤细的手，赵行德把东西递了过去，旋即离去。

当天下午，李元昊率部进城。虽然大部队还留在城外，进城的只是一部分，城内却已经到处都是西夏士兵，他们的相貌和身材与汉族士兵截然不同。从新入城的士兵口中得知，赵行德参加的战役只是整体战役中的一小部分。在流过城西的黑河上游，还有他们来时经过的山丹河中游，分别打了两场大仗，两军主力对决的结果是，西夏军大获全胜，从各条战线上败退的回鹘军都向西方逃窜而去。

第三天开始，之前不见影踪的甘州百姓开始陆续回城，回鹘人居多，也有其他部族。不知道他们之前藏在什么地方，怎么会突然间就冒出来了。虽然回城居民只是一小部分，城里总算恢复了生机。食品铺开张了，菜市也有了，但还看不见女人的身影。

赵行德每天都偷偷给女子送去食物。第五天晚上，他照常送晚饭过去，地窖中却不见女子的身影。赵行德想，这次是真的逃走了。可没过多久，女子就回来了。赵行德责怪她独自外出太过危险。女子却淡淡地告诉他，自己每晚都到外面去喝水、洗脸，不用担心。

女子立在谷仓入口处，皎皎月光温柔地照在她的身上，她面色从容，对赵行德已经放下了戒备之心。

"你为什么要送吃的给我呢？"依旧是那清澈的嗓音。

"因为想救你。"

"为什么？"

赵行德一时语塞。在烽火台上初见她的那一瞬间，他就认定救她是自己的使命。可怎么会有这样的想法，他自己也不甚明了。

"你说你想救我，可我却不想一直待在这儿呢。到底要待到什么时候啊？"女子的口气中透着埋怨与任性。赵行德不仅不生气，反倒绞尽脑汁苦思冥想，想让女子满意。

"城内回鹘人越来越多，但还是没有女人。估计不久她们都会回来。那时，你就可以离开这里，自己保护自己了。"

"我是王族之女，要是被抓了，肯定会被杀掉。"

"你可以隐瞒这个身份，找机会逃出城去，往西边逃。

你们族人都逃往那边了。"

虽然嘴上这样说，赵行德自己都觉得没有说服力。这种出身高贵的年轻女子，怎么可能靠一己之力做到这些呢？

这是赵行德和女子的初次交谈。她的气质是那么高贵，赵行德甚至没有勇气长时间注视她那姣好的面庞。瓜子脸上，五官精致如雕刻一般，虽弱不禁风，却透着威严。赵行德感到了心灵的震颤。

入城后第七天，赵行德被朱王礼叫到了家里。朱王礼独自住在一幢民宅里，狭小的庭院中种着三棵枣树。

"你小子不是说要学西夏文来着吗？老子这就送你去兴庆。怎么样，这下你相信了吧？老子说话算话。学会了就立刻回来。"朱王礼说道。

原来第二天正好有部队前往兴庆，朱王礼安排赵行德随军前往，并嘱咐他一切听从队长的指挥。

"老子也马上就升官了，要带更多的兵。等你回来，给你个参谋当当。"

朱王礼本是三百夫长，这次战役他作战勇猛，接下来的论功行赏，他肯定会升官晋级，如他所说，带更多的兵。

去兴庆是赵行德期待已久的事情，可明天便出发，如何安置郡主就成了问题。赵行德请求推迟半月出发，朱王礼似乎觉得他的威严遭到了挑战，大声吼道："明天就走，这是命令！"

赵行德决定顺从这位对自己照顾有加、勇猛单纯的上司。

当晚,赵行德来到了女子的藏身之处,告诉她自己就要离开此地,不过会安排人继续照顾她,让她放心。赵行德已下定决心,明天出发前,把事情如实告知朱王礼,请他继续保护她。

女子从地窖走出,站在门口,忽然全身发抖,怯生生地对赵行德说:"现在除了你,我谁也不信。请不要抛下我。"

赵行德告诉她,自己也不想走,可是没有办法。听了这话,女子突然跪到地上,两手高举向天,哭倒过去。

"你知道我为什么一个人留在烽火台上吗?"

关于这个问题,赵行德也曾问过一两次,可女子一直不肯回答。这时她仿佛下定了决心,要把实情告诉赵行德,继续说道:"我是在等待我的未婚夫。本来我已经和家人一起逃出了城外,半路上想起他的誓言,只要活下来,一定回城里找我。所以我就一个人悄悄返回城里,爬上了烽火台,这才遇到了你。我想,一定是我的未婚夫阵亡了,是他的亡灵把你带来保护我。只有这样,才能解释你的出现。可现在,你又要抛下我离我而去。"

赵行德凝望着伏在地上的女子,她双肩剧烈颤抖着,颀长的脖颈上,项链的玉珠晶莹剔透,在月光下闪着点点清光。

赵行德凑近女子,想将她从泥地上扶起来。女子仿佛想起了什么,反射性地挺起身,直直地看着赵行德。夜风中,女子的体香透过冰冷的空气扑面而来,赵行德的心底突然涌起一种冲动,要把这世上最美丽的东西据为己有。

女子挣扎了一下,随后停止了抵抗,任其疯狂。

冷静下来后,赵行德意识到自己犯下了不可饶恕的错误,很是痛心,正要离开时,女子双手抱住了他的腿。

"请你原谅我的兽行,我原本不是这样的。"赵行德说道。

"我知道。你是爱着我的,你是我未婚夫的转世化身。"

"是的,我爱你。也许我真是你未婚夫的转世化身。这就是我的命运吧。不然,我怎么会从遥远的大宋都城,一路跑到这里来呢。"赵行德半是重复着女子的话,半是自言自语道。

这是赵行德的真实想法,而女子内心的悲哀,也似乎渗透进了他的血液,在他的体内如脉搏般跳动着。

"你还是要走吗?"

"不得不走。"

"还会回来吗?"

"一年内我一定会回来。"

"那我在这里等你。请你发誓一定回来。"女子说完,又开始嘤嘤地抽泣。

赵行德毅然转身离去。一路上,他心神恍惚,只觉得脚踩在地上像踩在灰尘上一般轻飘飘的,毫无实感,而他的影子倒是一路相随，黑如泼墨。

第二天早晨，赵行德来到朱王礼的住处。朱王礼以为赵行德是来道别的，一见面就说道："你我二人注定要死在一起，你小子快点回来，我再带你打一场大硬仗，一直打到全军覆没，只剩下咱俩，最终赢得战争。那时要立个庆功碑，你答应过的，别忘了。"

看来，此前的一战还没让朱王礼过瘾，他期待着更惨烈的战争。

"出发前，我有个此生唯一的请求，请您务必帮忙。"赵行德开口道。

见赵行德表情严肃，朱王礼意识到事情的重大，也正色道："什么事？尽管说来。"

"我救了一位回鹘郡主，希望您能替我保护她。"

"女人？"朱王礼面色复杂，随即眼中燃起炯炯明光，问道，"女人？这里有女人？"

"不是普通女子，是出身王族的郡主。"

"郡主和普通女子有什么不同，快领来看看。"朱王礼腾地站了起来。

赵行德见状，语气越发凝重起来："不是普通的女子，她身上流着我们汉人的血，也会说汉语。"

"女人就是女人，就得当女人用。"

赵行德开始后悔，不该把这件事告诉朱王礼。"如果你对这个女人下手,你就会死。"

"死?"朱王礼有些意外,问道,"为什么会死?"

"男人要是染指回鹘王族之女,就会早死,自古以来就有这个说法。"

"哈哈。早死晚死,老子才不在乎。"

"不是战死,是精尽而亡。"

朱王礼沉默不语。虽然有些半信半疑,但死在女人身上是他不能接受的。他注定要战死沙场。其他死法,他无法想象,也无法忍受。

"那不见也罢。"话音未落,他又改口道,"这也太不甘心了。还是让我见上一面,看一眼总没问题吧。"

赵行德带朱王礼来到了谷仓。女子从地窖里出来,坐在谷仓的地上。

朱王礼毫无顾忌地上下打量了女子一番,却没有走进去,在门口低声说道:"果然不是寻常女子。"

"以后就是他来保护我吗?"女子突然问道。

朱王礼听后,突然有些不知所措,往后连退了两三步,竟一转身跑了。

看到赵行德追来,朱王礼说道:"不行。这种女人我最怕了。我帮不了她什么。不过,找个城里的回鹘人给她送送饭,倒是可以。"

忽然,朱王礼像是才意识到什么一样,问道:"你为什么会救她？"

"我也不清楚。"

"是吧？你也不知道为什么吧？我最怕这种女人了，一眼就看得出来，这种女人任性得很，什么要求都提，没有底线。我最清楚了，不管她说什么，你都只能照办，是那种能降服男人的女人，是女人又不是女人。老子想要个普通女人，就没有吗？"

朱王礼的话中有着某种真实感，毫无矫饰，赵行德知道他说的是真心话，有些担心他不会帮忙照顾女子。朱王礼保证说："我不想见她，不想与她扯上关系。不过，既然见了一面，也没办法了，我会找个回鹘人照顾她的。"

两人回到住处，朱王礼立刻命令部下找来五个回鹘老人，选了其中一个留下，把其他人又打发回去。朱王礼恶狠狠地向老人吩咐道："从今天起，你负责照顾一位女子，给她送饭，听她吩咐。不过，此事你不可告诉任何人。要是走漏消息，老子让你的脑袋立刻搬家。"老人嘟嘟囔囔地抱怨灾难接连不断，不过最终还是答应了。于是，赵行德带着老人来到谷仓，又一次让他发誓恪守朱王礼的命令。

打发走了老人，赵行德与女子做最后的道别。女子让赵行德重复了昨晚的誓言，就催促他尽快上路。女子颈上戴着两串项链，临行时，她默默摘下其中一串，递到赵行德的手上。那娇弱的面庞上露出了笑容，无限温柔。赵行德紧握了一下女子的手,便赶快离开了。女子手上那冰凉的触感,永远留在了赵行德粗糙的掌心上。

赵行德离开谷仓,刚到院子门口,就碰见回鹘老人担着满满一桶水进来。老人说:"放心吧。我不会让人发现的。"

正午时分,赵行德出了城门。城外早已有约莫二百士兵整装待发,赵行德也加入其中。年轻的队长对赵行德处处流露出敬意,想必是朱王礼事先有所交代。

此时,正是天圣六年六月。

第四章

赵行德随队从甘州前往兴庆。先到曾生活过一年半的凉州城，再经历一番茫茫的大漠之旅，终于来到西夏的都城兴庆。此时，因甘州一战告捷，城内大街小巷都洋溢着喜庆的气氛。将回鹘人赶出其根据地甘州，其意义之重大，是赵行德他们这些在前线作战的士兵所无法想象的。

先夺凉州，再取甘州，这意味着西夏已经向实现与西域直接通商迈出了重要一步。此前，西方的珠宝玉石等各种物资，都是经甘州回鹘人之手转卖到东方的宋和契丹，回鹘人因此获利颇丰。而今后，西夏将取代回鹘。占领凉州，控制战马产区，军事上具有重大意义；夺下甘州，则令新兴的西夏国经济崛起指日可待。目前，河西地区只剩下瓜州和沙州两地为汉人完全统治，只要再拿下这两座城，西夏就直接与通向西方之门户的西域接壤，西方各国宝藏将源源流入西夏。

兴庆不愧为西夏第一大城，和赵行德此前逗留过的凉州和甘州迥然不同。广袤大漠之中，有一方葱茏绿洲，那就是兴庆。北眺贺兰山，东去黄河三十里，周围河川交错，沟渠纵横，举目皆是精心修整的良田果园。

城有六门，内有城楼高耸。进入城内，赵行德不觉大吃一惊，房子上、围墙上到处都写满了奇异的文字，正是以汉字为基础创造的西夏文。在习惯之前，每当赵行德走在街头，这些扑面而来的用红、黄、蓝等各种颜色写就的文字，都会给他一种陌生的冲击。赵行德后来得知，兴庆城内严禁使用汉字，必须使用新创的本国文字。

不只是文字，服饰、妆容、礼仪等都尽废汉风，提倡本民族特色。这充分显示了一个新兴强国的野心与魄力。虽有些过激，却不能一笑置之。赵行德在路上行人的眼中，看到了彪悍、凶暴、无知与高傲。毫无悬念，这个民族要优于吐蕃和回鹘。

西夏的国政以军事为中心，一般政务则仿效宋制，建立各种机构进行管理。兴庆城北原有一座占地颇大的寺院，现被征用为"学舍"，相当于宋的国子监。学舍里没有学生，只有各部队选派的约三十名士兵在这里学习西夏文，赵行德也在其中。除他以外，其余都是西夏人。教授西夏文的十几个教师却都是汉人，这给赵行德带来了诸多便利。起初，他边学西夏文边奉命做些杂务，后来学识得到了认可，就被分派做一些特别的工作，如帮忙制作宣传手册，誊写汉字释义等。兜兜转转，赵行德又找回了他原本的生活——和文字打交道。

从这年秋天到第二年春天，赵行德专心学习西夏文。每年十月到次年三月是兴庆的冬季。进入十一月，城外从黄河引水的沟渠就都结了冰，每天冰雹肆虐。到了四月，黄河开始融冰，赵行德参与了一项艰巨的新工作——制作汉夏文字对照表。入夏后开始刮西北风，却酷暑难当，大漠的细沙漫过城墙，在大街小巷遮天蔽日，严重时白日也如夜晚一般昏黑。而不刮风沙的日子，又往往雷电交加。

着手制作汉夏文字对照表后，赵行德几乎忘记了时间的流逝。西夏文字共有六千余个，创制者是一位汉人，可惜现已故去。若他还活着，翻译成汉字也许并不难。然而汉字中同义字颇多，每每要从中选出一字与西夏文对应，就极费心力了。

直到天圣七年秋，对照表终于告一段落。赵行德是天圣六年六月到兴庆的，算来已将近一年半的时间。他并没有忘记回鹘郡主和朱王礼，但奇怪的是，到兴庆后，他们的存在似乎变得很遥远，恍然如梦。

在朱王礼麾下的血战生涯，在边境度过的孤寂岁月，都仿佛是噩梦中的情节。曾经停留过的凉州、甘州也变得遥不可及，好像再也不会和他的生活产生任何瓜葛。兴庆的生活，让他难以想象自己还能回到前线作战。就连回鹘郡主，也成了遥远而模糊的存在。的确，起初每当想起她，胸口都会感到锥心般的剧痛，掌心也会泛起分别时她手上的微凉之感。然而随着时间的流逝，她的形象竟然慢慢淡去了，连那一夕情缘是真是梦，都有些不太确定。回甘州去找她的念头，如今已经从赵行德心中消失了。

文字对照表的工作完成后，下一步要何去何从，赵行德有些迷茫。他不远万里来到边疆是源于对西夏民族的好奇，而这份好奇现在已然消磨殆尽。他曾经从开封集市上那位赤裸的西夏女子身上感受到强烈的震撼，想象着这个民族的血液中一定流淌着原始的刚烈之美。而兴庆城中的西夏人却大不相同。他看到的是一个谋求民族自强的新兴国家，在李德明和李元昊这对卓越的统治者的带领下迅速崛起，为国效力的精神驱使男人们不惜血染疆场，女人们则在困苦中年复一年独守空闺，这使他们的表情已与安乐无缘。

曾几何时，赵行德在梦中回答天子策问，极力拥护何亮的安边策。现在他有了不同的认识。西夏的强大远超朝廷为政者的想象，这是个极其优秀的民族。目前它尚忙于征战，无暇顾及文化，一旦它征服四邻开始构建自己的文化，朝廷将再也无计可施。若欲除掉这一未来之大患，只能抓住时下这一机会。朝廷任其取凉州、攻甘州而坐视不管，已然铸成大错。

如此想来，赵行德已经没有任何必要继续留在西夏。学会了西夏文，西夏第一大都市兴庆的生活也体验了一年半之久。要想回到宋土，也不是没有法子，虽然宋夏两国间已经与他来时不同，不允许公开往来了。目前两国尚未断交，暂时免于交战，完全是因宋、西夏、契丹三国之间的微妙关系所致。不过，来到兴庆之后，赵行德了解到即便在如此紧张的形势下，两国之间的民间往来并未断绝。因此，只要他下定决心，回宋土也不是没有办法。

可他无心踏上宋土。尽管不想再去甘州，心中却难免还对朱王礼和那回鹘女子有所牵挂。回甘州等于重投西夏军队，意味着他再也无法脱身。除非豁出一辈子留在那里，否则不该再去那种地方。再者，救过的回鹘女子，如今究竟命运如何，他已经无从想象。是惨遭不幸，还是受幸运眷顾，已平安回到西边自己的部落，这一切赵行德都想象不出来。

时光荏苒，转眼到了天圣八年。从春天起，兴庆街头就开始骚动起来。进进出出的部队越来越多，坊间盛传西夏要对吐蕃用兵了。吐蕃首领角厮罗重整了被西夏军击溃的凉州旧部，又收编了从甘州逃出的数万回鹘军队，很有可能形成了一股可以和西夏抗衡的势力。西夏若想下一步去占领瓜州和沙州，也必须先击溃在沿途出没的吐蕃势力。

春去夏来，局势依然动荡不安。一日，赵行德在南门附近的闹市闲逛，没走几步已热得浑身是汗。他穿过闹市，向街尽头的一家菜市走去。突然，对面走来的女子映入眼帘。

"是她！"赵行德不觉惊呼——对，她就是自己在开封集市上救下的那位西夏女子，身材面貌都别无二致。"你不记得我了吗？"赵行德走上前去问道。

女子露出莫名其妙的表情，上下打量了他半天，答道："不记得。"

"你去过开封吧？"

"没有。"这回女子拼命摇头，止不住地笑起来，声音听起来有些奇怪。

看到女子的笑容，赵行德才发现是自己认错了人。虽然容貌相像，却不是同一个人。赵行德转身继续向前走，这时，他忽然发现周围到处都是和那女子相像的人。她们都有着浓黑的眉毛、深邃的眼睛和光洁的皮肤。

赵行德已经很久没有想起开封集市上那个改变他命运的女子了，那个一丝不挂地躺在木板上、狂放不羁的女子。当年的感动再一次涌起，震撼着他的心灵。赵行德时隔许久又踱步在兴庆的街市，心中感慨着自己差点忘掉最重要的东西。

就在当天晚上,赵行德从一名甘州来的西夏士兵口中得到了朱王礼的消息。据说,朱王礼被任命在甘州城西两百里外的要塞守备,半年前就率三千士卒在那里驻防了。听到这些,赵行德忆起了朱王礼眼中燃烧的火焰。如今,他已是三千大军的统帅,一定会自告奋勇去戍守阵地的最前沿,只为酣畅淋漓地壮烈一战。朱王礼是汉人勇士,身处异族军中,只求殊死一战,这是一种什么样的心境呢?想起从前听说的有关朱王礼的传奇经历,赵行德若有所悟。

突然,赵行德心中涌起一股莫名的热情,想要重回前线。这是一种从未有过的强烈感情。他忆起了和朱王礼的约定,也想起了对回鹘女子的誓言。也许时效已过,但他仍要兑现诺言。朱王礼和回鹘女子或许正在翘首期盼着。赵行德眼中漾起了熠熠光辉,这是到兴庆后不曾有过的。

约十天后,他加入了开往前线的部队,再次向甘州进发。相同的路,这次是逆向而行。

进入凉州后,部队休整五日。时值雨季,停留的几天一直阴雨连绵。凉州城与三年前相比,已大不一样。原来这里是个地道的前线军事基地,如今,大街小巷商铺林立,修葺平整的马路两旁种满绿树,一片井然。西夏文字也随处可见了。

出凉州十天后,到达甘州。和凉州不同,部队受命驻扎在城外,因此赵行德无从得知城中具体情况,但见大批军队不断地开拔、到达，想必这里也与从前截然不同，已发展成为一座重要的军事重镇了。

赵行德只在城外住了一晚，第二天清晨，就启程前往朱王礼驻守的西方要塞。既然进不去城，就没必要在此耽搁时间，所以他主动要求加入前往城西的小型辎重部队。这是他第一次踏入甘州以西的土地。

出发第一天，一路上经过沙滩地区，大小河流四处泛滥。第二天也穿越了相同的地形，傍晚来到西威渠岸，沿渠向西南方向再走十五里就是朱王礼的驻扎地了。赵行德和部队告别，独自来到岸边，稍事休息。这时，天已经黑了，月色如昼，西威渠缓缓流动，恍如一条白色玉带。赵行德沿河催马前行。

朱王礼的驻地位于祁连山脚下。在清冷的月光中，新筑的要塞远远望去仿佛一座巨大的坟墓。赵行德来到要塞附近，立刻有两名骑兵从城门内出来盘问。两人都是汉族士兵。

赵行德在两名骑兵的带领下，走进一条两侧都是石墙、如迷宫一般的狭窄通道，七转八转后，眼前豁然开朗，来到了一处广场前。月光下，朦胧可见山脚下有几处农舍，大约就是营房了。从前这里应该是一座小山村，现在已失去了农家原有的平静，空气中弥漫着要塞特有的严峻感。

朱王礼占据了最大的一幢房子。骑兵带赵行德来到屋前，让他在院中等候。不一会儿，朱王礼出现在屋门口，慢慢走到赵行德前面站住，只把脸探过来看，仿佛要确认他是人是鬼。

"噢，原来你还活着！"

朱王礼仿佛是在自言自语，目光炯炯地看着赵行德。整整两年不见，朱王礼老了。脸上的皮肤失去了光泽，额头上长出了斑点，连胡须也变白了，在月色中闪着银光。

"两年都不见回来，还以为你小子见了阎王。"稍事停顿，朱王礼忽然又冒出一句，"死喽！"那口气像是在发泄。

"死了？"赵行德一下子没有反应过来，反问道。

"对，死喽！"说罢，朱王礼开始踱步。

"到底是谁死了？"

"不要问了！"朱王礼怒气冲冲地吼道。

赵行德并不理会，继续追问道："是回鹘郡主死了吗？"

"对。人死不能复生，不要再问了。"

"怎么死的？"

"病死的。"

"什么病？"

朱王礼脚步顿了一下，又继续向前走去。"反正就是病死了。可惜喽！"

"觉得可惜？"

"像丢了一座城，太可惜了。"

"她有没有留下什么话?"

"没有。临死的人,我才懒得管呢。"

"那为什么说像丢了一座城一样可惜?"赵行德无法理解朱王礼那般惋惜郡主之死的心绪。

"若在和平年代,她定能成为一国之妃。"说到这里,朱王礼用力摇了摇头,又道,"听我的,不要再问了。你托我的事,我尽力了。"说罢,他转身进了屋。

随后,赵行德也被唤进屋内。酒菜已经备好,还有几位军官作陪。朱王礼脸上阴霾尽扫,与之前判若两人,满脸欢喜,不断地夸赞赵行德守约归来。岁月在朱王礼身上留下了苍老的痕迹,但也更有一军统帅的威严和气魄了。

第二天赵行德醒来时,发现朱王礼和大部分士兵已不在城里。原来,拂晓时分,有数十支箭射入城内,朱王礼随即带兵杀出城去了。

赵行德从一名士兵口中了解到,这里几乎每天都有战事,不觉心中感叹,回鹘女子已死,自己却千里迢迢来到这么一个死亡之地。可奇怪的是,他并不后悔,倒觉得是来到了该来的地方。

白天看时,这城寨东西北三面有城墙环绕,南面则紧靠着一座险峻山峰。山坡上,几十个坟头并排而立,据说是埋着阵亡的士兵。

三个月一晃而过。战事频仍,赵行德每两天就会出战一次，但不可思议的是，他对死亡毫不惧怕。既然回鹘郡主已香消玉殒，他来此的目的就只剩参战了。不过，郡主到底是怎么死的，他还是想弄个清楚。赵行德多次尝试从朱王礼口中套出些许线索，可只要他稍有提及，朱王礼就会不高兴，甚至勃然大怒。他只好放弃这个想法，待日后再寻找机会。

十月底，冬天的气息已开始笼罩四周的山野，日益浓重。这一日，有使者从甘州城赶来，传令让朱王礼率军驰援甘州。军令由西夏文写成，朱王礼不识字，命赵行德读给他听。

当晚，朱王礼命令全军在广场集合，进行战前动员："咱们最近天天净打些小仗，现在西夏终于要和吐蕃决一死战了。我部也将奉命参战。弟兄们，咱们汉人部队，这次痛痛快快地杀上一回！让活下来的为死掉的立碑！"

第二天，全体将士从拂晓开始拆毁要塞，直到傍晚才完工，随即连夜向甘州进发。部队由三千骑兵组成，不眠不休，涉水兼程，穿过沙漠与村落，第二天傍晚就来到了甘州城外。急行军中，只有赵行德一人掉队，朱王礼留下两名士兵护卫。一天后，三人赶到甘州城外，加入了驻扎在那里的队伍。城外广场上，西夏军队如云霞一般从四处汇集而来。

两天后，李元昊按例举行大阅兵。

在阅兵前一天晚上，赵行德弄到一张通行证，进入城内。

这里有太多的回忆,他想再去留下一些足迹。和凉州一样,甘州城内也全变了样。他在烽火台下的城墙边伫立良久,他曾在这里救下回鹘郡主,如今却早已物是人非。城墙下的广场上搭满了军营,城墙上更是高垒着石柱,由卫兵把守。

赵行德试图找到当初藏匿女子的民宅,但附近一带已面目皆非,终究没有找到,只好作罢。

赵行德穿过城中心,向东门走去。就在这时,他听见人群中有人喊起"李元昊"。随众人眼光望去,只见一行人沿马路中央从远处缓缓而来。前头一人端坐马上,威风凛凛,相貌堂堂,不是别人,正是在凉州城外有幸一睹的李元昊。赵行德停下脚步,等待人马经过。待李元昊驰过,赵行德将目光投向他身后的人,不禁倒吸一口凉气。那是一位女子,相貌竟和逝去的回鹘郡主一模一样。赵行德不敢相信自己的眼睛,跑上前去想要看个究竟。

赵行德突然闯入,惊得马儿扬起了前蹄。"啊!"与此同时,马上之人也发出了轻微的惊呼。赵行德听得真切。女子的视线掠过赵行德的脸,她随即握紧缰绳,坐直身躯,目不斜视地从赵行德身边飞马而过。女子很快追上了李元昊,却从他身旁超过去,继续奔跑。李元昊则策马加鞭,追了上去。

赵行德呆立在原地,一时间难以相信刚刚发生的一幕。马上的女子就是回鹘郡主,他不可能看错。如果不是她,又怎么会仅仅因坐骑扬起马蹄,就露出那么复杂的表情?她还活着!并且活得很好,很可能成了李元昊的女人。朱王礼在说谎。她还活着!

赵行德记不清自己是怎样回到营地的。好像是穿过了一群又一群士兵,又好像经过了一条无人的大街。这时,夜幕已经降临。广场上,无数支队伍点起了一堆堆篝火。

赵行德看也不看那些士兵,径直来到朱王礼面前,当头吼道:"我看见她了!亲眼看见的!到底怎么回事?告诉我!"此时,朱王礼不再是他尊敬的队长。

坐在篝火边的朱王礼,慢慢转过那烤得通红的脸颊,同样喊道:"告诉你死了,听不懂吗?"

"你撒谎!她还活着,我亲眼看见了。"

"胡说八道!死了就是死了。"朱王礼猛地站起身来,面目狰狞,居高临下地瞪着赵行德吼道,"你敢再胡说一遍试试!信不信老子宰了你?"那气势仿佛真要拔刀相向。

赵行德却没有退缩,他现在必须要探出实情。

"我看见了!她和李元昊……"

话未说完,赵行德急忙往后闪身,朱王礼的大刀已瞬间出鞘,直劈而下。刀锋落在火堆里的木柴上,火星四溅。

"我看见了,她骑在马上……"

赵行德边喊边跑开了。这次朱王礼的刀锋是真冲着赵行德去的。回头一看,朱王礼已举刀追了过来。赵行德拼命奔跑，穿过军队，越过篝火。渐渐地，广场上那千万大军、成群的战马、堆积如山的粮草，都从视线里消失了，只有无数篝火向赵行德扑来。

两年前，初入甘州那一日，赵行德为带回鹘郡主离开烽火台，夜登城墙，曾从高处俯瞰广场，只见万点营火，中间一片漆黑。现在和那时一样，他的眼里只剩下火光，其他什么也看不见了。

终于，他来到了火海的尽头，前方只剩下无边的黑暗。赵行德顿感筋疲力尽，跌坐在地上。原来是一片草地。寒冷的夜露瞬间袭来，沾湿了手臂和脸庞。这时，从身侧传来另一个人粗重的喘息声。转头望去，朱王礼正瘫坐在草丛上，望向这边。

"你、还、说、不、说？"朱王礼喘着粗气一字一顿地说道。赵行德没有回应。他只觉呼吸艰难，一个字也说不出来。两人就这样呆坐良久，听着彼此的喘息。

第二天拂晓开始，驻扎城外的数万大军陆续集结到西边的广场上，按规定位置整队。城内的军队也源源开出，同样来到广场列队。城墙上鼓声大作。军队后方稍远处，数万匹战马也一字排开，列队候命。

李元昊一早就开始了阅兵。与上次不同，朱王礼的部队排在队伍最前列，开始没多久就轮到他们接受检阅，但在检阅全部结束前，所有人都必须原地等待，不能离开。

李元昊不高，身长五尺左右，但赵行德还是和甘州阅兵时一样觉得他器宇轩昂。赵行德并没有因为此前看到他和郡主一同策马奔驰而心生怨恨，这是两回事。

直到日落时分，检阅才全部结束。赤色的太阳向西方的草原沉去，只剩下血色的晚霞染红了旷野。

全军检阅完毕后，李元昊作为全军统帅登上指挥台。恰在这时，赵行德发现远方城墙上，大约在李元昊肩膀的位置，隐约有人影晃动。城墙与指挥台之间相隔甚远，那人影看起来只是一个小黑点。

赵行德不自觉地盯着那个黑点。这个时候出现在城墙上，不知是什么人？要做什么呢？赵行德站在那里百无聊赖，心里乱想着，正好聊以自慰。

李元昊开始训话，但声音听不十分真切，只有只言片语偶尔落入耳中。

正在这时，城墙上一直静止不动的黑点骤然跃起，径直飞落下去。那身体沿着城墙下落，似乎拖了一根长长的尾巴。只一瞬间的事情，除了赵行德，广场上似乎没有人注意到，也没有引起任何波澜，仿佛什么也没有发生一般。

李元昊的声音依旧时断时续地随风传到赵行德耳中。

部队当晚进行了最后的休整，第二天清晨即向西进发。风沙漫天，赵行德在马背上晃了一整天，脑中一片空白。

傍晚,部队宿营在一处河水枯竭的河畔。因日间行军疲惫不堪,赵行德倒头就睡。正熟睡间,忽觉有人拼命摇晃自己的肩膀。睁眼一看,是朱王礼站在身侧。看见赵行德睁开眼睛,他立刻喊道:"这次是真的!"

"什么呀?"赵行德没好气地问道。

"死了!真死了!"说罢,朱王礼跌坐在地上,人也瘫了下去。

"你的话不可信,你以为我会当真吗?"赵行德喊道。

"真的,没骗你。昨天从城墙上跳下去摔死了。到底还是死了。"

赵行德眼前立刻浮现出昨天看到的那个黑点。原来那个黑点就是回鹘郡主?"当真?"赵行德都能感到自己的声音在颤抖。

"千真万确。李元昊推迟一天出征,就是为了这个。消息绝对可靠。"

朱王礼的头低垂了下去。两人都陷入沉默。

良久,朱王礼又开口道:"事已至此,我也不瞒你了,我爱上她了,现在还爱。从前,我看不起女人,只把她们当成泄欲的工具。可自从你把她带到我身边,我的心就不是我自己的了。太丢人了,可我管不住自己。"

"你答应过我一直照顾她,为什么你没做到?"

"她是被李元昊抢走的。我千不该万不该让他知道了此事。那家伙到底把她害死了，我恨他！"

朱王礼的声音充满痛苦。他挺直了上身，死死地盯住前方，仿佛李元昊就在眼前。

赵行德完全被朱王礼的气势所震慑，一时间根本顾不上思考。朱王礼似乎压抑不住积郁良久的愤怒，腾地起身长啸一声，仰望着夜空，久久地站在那里。

赵行德并不清楚他离开后，朱王礼是如何安顿郡主的，如今再纠缠也没有意义，他还有更重要的事情需要思考。赵行德想起前天和郡主偶遇的那一瞬间。她的表情中交织着惊讶、困惑、喜悦与悲伤，她之所以立刻催马而去，想必是不知该如何面对他。

是他背弃了誓言，一年多都没有回来。郡主除了任由命运安排，别无出路。即使郡主委身于李元昊，他也无权责备。她选择跳下城墙，是为了证明她对赵行德的忠贞，除此以外，她无计可施。想到此处，赵行德只觉得歉疚与爱怜之情如潮水般涌出，他真切感受到了郡主的一腔心意。

如果他一直陪在郡主的身旁，如果他能如约归来，郡主也许会有不同的命运吧。不敢说一定会带给她幸福，至少不会让她死于非命。

赵行德相信，郡主是为了他才决意结束生命，而他却一度把郡主抛诸脑后，这令他悔恨不已。

部队开始向甘州附近回鹘人聚集的肃州城进发。肃州与甘州相距五百里，行军大约需要十天。第一天晚上，部队宿营在一条已经干涸的河岸边。第二天，部队进入了遍地碎石的荒原地带。随着行进，荒原渐呈沙漠之貌，最终完全变成了苍凉大漠。而后，寸草不生的四周便只剩绵延至天际的细沙。为防止陷入沙坑，部队给战马穿了木屐，给骆驼蹄包上了牦牛皮。

在沙漠中行进了三天，终于来到河边，能看见绿色的草地了。渡过河，再次进入沙漠地带。又是三天过去，部队来到了巨大的盐碱湖畔，沿湖的路足足走了四十余里，岸边银白如霜，芦苇遍生。随后，又进入荒凉的不毛之地。西南方向看得见雪山时，树木和房屋也开始零星出现。树木多为杏树，被刺骨的寒风吹得摇摆不定。

离开甘州的第八天，部队进了肃州。原以为吐蕃军会在路上拦截，没想到未遇吐蕃的一兵一卒。肃州也是一个有城墙环绕的城市，居民大半为回鹘人，汉族居民为数不少，但大多已不懂汉语。西夏原本推测，回鹘人失了甘州后，会退到这里据守，不料他们竟已撤得一兵不剩，西夏军兵不血刃就开进了肃州。

赵行德登上城墙，放眼望去，只见南面有白雪皑皑的祁连山脉，北面是一望无际的黄色沙海。城内巨大的甘泉汩汩涌出清水，水边绿树成林，多为树龄数百年的老杨树。

这里就是汉时的酒泉，意为"泉水洌如珠，其味甘如酒"。

赵行德以前觉得甘州和凉州已是塞外僻壤，来到肃州才发现，甘、凉二州还算宜居之地，这肃州除城里可以居住，踏出城门一步，便是名副其实的"平沙万里绝人烟"，除了死气沉沉的沙海，别无他物。

自来到肃州，赵行德常常感到锥心的思乡之痛。同时，他又觉得自己还没有资格怀念宋土。赵行德是读书人，十分熟悉《汉书》和《后汉书》上记载的张骞及班超的故事。一千年前，班超率三十六名部下离开京城，后半生都在西域与胡族征战。比起肃州，西域要远上数千里。班超晚年难敌思乡之情，曾上书天子云："臣不敢望到酒泉郡，但愿生入玉门关。"里面提到的玉门关，在距此西行九百里处。

自从回鹘郡主香消玉殒，赵行德已无意重回宋土。他为思乡之痛所折磨，内心深处又隐隐觉得应该把生命留在这片土地上。

朱王礼把部队一分为二，自己做统帅。赵行德的地位也随之提高，升为朱王礼的参谋，有了更多的闲暇和自由，当然，战时除外。每逢打仗，两人都身先士卒投身战斗。

回鹘郡主之死还给赵行德带来了另一个变化。那就是他开始为佛教所吸引。在开封时自不必说，在兴庆的两年，他对佛教也全无兴趣。偶尔看见披着袈裟、剃了头发的出家人，心里也只有轻蔑，暗想不读《论语》《孟子》之辈，何来空，何来涅槃？但到肃州之后，他内心深处开始渴求某种主宰，某种绝对性的东西。他想要皈依，想要匍匐在地，臣服于它。为什么会有这种心境的变化，赵行德自己也说不清楚，但有一点非常明确，这和郡主之死有着某种关联。

只要身在边疆，死亡便会一直在他周围萦绕。事实上，赵行德几乎每天都会目睹死亡。一场病就会轻易夺去一个人的生命。在城内走一圈，总会碰上一两个濒死之人；城外，沙堆上的白骨随处可见。

赵行德越来越感到人类的渺小和人类活动的毫无意义，并对宗教产生了兴趣，因为宗教赋予渺小而无意义的人生以某种意义。

赵行德开始关注佛教经典，源于一次偶然。一日，赵行德经过一座寺庙，正赶上院内一位汉人僧侣讲授《法华经》，听者甚众，赵行德站在人群后面，虽看不清僧侣的相貌，讲经的声音却听得真切。僧侣的讲解，渐渐变成了吟唱。

> 登楼鸣钟建道场，昼夜不断焚名香。
> 日日碧空浮瑞云，时时处处显祯祥。
> 天龙屡屡垂加护，圣贤频频赞襃扬。
> 诸佛亦临相劝勉，眉间白毫放光明。
> 感念慈悲浴佛光，猛利之心志愈坚。
> 何日得闻妙法华，何时得免大轮回。

唱毕，僧侣又开始讲解。大意是：国王发布告令，如果有人能为其讲解法华妙法，他甘愿为仆。有位仙人揭下告示，前来应讲，国王遂抛下王位，随其入山修道，历经千难万苦，终于得悟菩提大法。若是从前，赵行德会对这种故事充耳不闻，而现在却莫名地被吸引。

其后不久，赵行德就从庙里借来了一卷《法华经》，读完又借，一口气连读七卷。不知从何时起，他心里已经有了接受佛教经典的土壤。读完《法华经》，他又开始读《金刚般若经》，为了更好地理解内容，他得知有《金刚般若经》的注释书，名为《大智度论》，便又去读了数卷。就这样，赵行德被完全不同于儒教的佛教哲学体系深深吸引了。他一本接一本地借阅着，在遥远边疆的偏僻一角，在简陋的兵营，他沉浸在佛经的世界里，痴迷不已。

四个月后，即天圣九年三月，突然传来吐蕃大军即将向肃州大举进攻的消息。西夏军立刻出城迎战。

部队出肃州城，向东行军，第二天在盐碱湖畔与吐蕃先锋部队交锋。每次战役，西夏军都以朱王礼等率领的汉人部队为前军，而吐蕃则不同，他们的前军由吐蕃兵组成。

此次与吐蕃军的大规模决战，赵行德和朱王礼都是第一次经历。他们的打法与西夏军颇为不同。西夏军是排成一条纵队冲杀,而吐蕃军则是步兵和骑兵大致各占一半,混在一起像随意散开的乱石,遍布于原野中,不断地滚动。

战斗以从未有过的方式扩展开来。朱王礼率领骑兵队扎进敌阵,队伍疾如旋风,又如一条猛蛇,上下翻飞,时而盘成圆形,时而变回直线,时而又圈成椭圆,时而逆向,时而交叉,东奔西突。马蹄踏过之处,吐蕃兵尸横遍野。然而,西夏军集体行动,反而更易成为吐蕃箭矢的目标,中箭倒毙者也不少。一时间,赵行德竟分不清到底哪方伤亡更大。身后不停传来朱王礼的叫喊声,却听不清在喊些什么。

赵行德料想这样下去,西夏军会渐趋劣势。骑兵队不可能一直冲杀,只要马蹄稍停,就会成为万箭之的。赵行德策马来到朱王礼身侧,建议他果断撤退。撤退本身并不难,只要领头的骑兵向战场外调转马头即可。

朱王礼本就发红的脸庞越发红得骇人,他不甘心地说:"没法打赢了吗?"话音未落,改口道,"好,先撤一下,再杀回来。"朱王礼做事一向雷厉风行,既决心已定,他立刻传令。领头的骑兵旋即拨转马头,改变了前进的方向,长蛇般的队伍蜿蜒连绵,离开了战场。

行出好一段距离,队伍才停下来。稍事休整后,朱王礼下令再度进攻。他和赵行德都成为长队的一环深入敌阵,又开始一场恶战。就这样,激战一直持续到太阳下山。

不知何时,月亮已升上了天空。淡淡的月光下,富盐的平原光滑如釉，白色中透着微青。空气如严冬一般寒冷逼人。

随着夜幕降临，西夏军渐渐占了上风。黑暗中，吐蕃军的弓箭渐失准头。朱王礼也调整战术,将骑兵队分成几股,轮番出击,既让敌人无暇休整,又保证己方不至于过度疲劳。吐蕃几次试图聚集兵力，都被朱王礼的骑兵队冲散。

战事胶着，整夜未休。

直到拂晓时分，朱王礼才下令停止进攻，集结部队。吐蕃的前军已兵力尽失，溃不成军。与此同时，远在二十里外静观战况的西夏主力部队，也开始向吐蕃的大本营发动了攻击。

朱王礼率众回到肃州城内，天空开始下起雪来。第二天下午，西夏主力部队踩着厚厚的积雪凯旋。

与吐蕃交战胜利后不过十日，瓜州太守曹延惠率骑兵千余前来投降。这让西夏喜出望外，不费吹灰之力就将瓜州收入囊中。

瓜、沙二州都是汉人之地，最早由节度使张氏一族掌权，现在被曹氏一族控制。沙州节度使是曹贤顺，其弟曹延惠为瓜州太守。瓜州紧邻肃州，曹延惠畏惧西夏进攻，趁未受侵略之时，竟然主动称臣。

西夏要想打通西域，瓜、沙二州是必争之地。只不过这里与凉州、甘州、肃州不同，有些棘手。统治瓜沙两地的不是吐蕃，也不是回鹘或其他部族，而是地地道道的汉人。他们现在虽然自立为王，不受宋管辖，却与宋有着千丝万缕的关系。形式上，曹氏一族的沙州节度使仍由宋任命。如果不是中间有异族盘踞，这里本应是宋土。也可以说，正是因为异族的入侵，二州才与祖国隔断，成了孤岛，只好独立成国。孤岛虽小，但地处河西西部，扼西域门户之要地，西方文明只有经过这里才能传入东方，悠悠驼铃声中，西方的物产通过这狭窄的走廊，源源运往东方。

现在瓜州不攻自破，主动称臣，一时间传言四起，说是西夏的执政者大受鼓舞，摩拳擦掌，意欲借此良机西进沙州，一鼓作气完成河西霸业。连赵行德的部队都对此有所耳闻。战事却并未如期而至。西夏主力部队很快撤离了肃州，留下朱王礼的部队与另外两三支部队在此守卫。

这座沙漠之城滴雨不落，甚是艰苦，赵行德却难得地度过了一段安稳的日子。他经常踩着灰似的沙土前往城中的寺院，因为那里有座泥砌的藏经阁。

第五章

转年到了明道元年（公元1032年），五十一岁的西夏国王李德明去世，太子李元昊继位。李德明性格温和，执政期间多采取骑墙之策，带领西夏在契丹和宋两国的夹缝中求生存。在西夏崛起之路上，虽无大功，亦无大过。

李元昊和父亲性格迥异，凡事积极主动，在对宋和契丹的外交政策上，经常与父亲对立。他年纪轻轻就受父亲之托掌握兵权，四处征伐，战无不胜，尤其在拿下凉、甘、肃三州后，更是信心大增，无所畏惧。他主张西夏人保持本民族特有的生活方式，据说还劝谏父亲不要穿宋廷赏赐的锦袍。

李元昊继位，西夏态势一新。吐蕃的头领角厮罗仿佛故意与西夏作对一般，率兵出了宗河城，以青唐（今西宁）

为根据地，对西夏拉开了阵势。

李元昊如今不再畏惧与宋交恶。他筹划先歼灭与宋交好的吐蕃，解除后顾之忧，而后一鼓作气吞并沙州。目前，角厮罗和李元昊双方都按兵不动，等待时机成熟。

就在战事一触即发的紧张氛围中，朱王礼和赵行德在肃州城送走了明道元年，迎来了春天。其间，赵行德一直沉浸在佛教经典之中，最近半年他遍读了手上所有关于教义理论方面的经典。

三月，朱王礼的部队突然接到命令，开往瓜州驻扎。此前瓜州从无西夏驻军。自瓜州太守曹延惠对西夏称臣，两国之间便有使节往来，但既然是独立王国，西夏也不好派兵驻扎。如今，李元昊这种强硬态度令人感到惶恐不安。

朱王礼带领五千汉人士兵，离开驻扎两年半的肃州城，向瓜州进发。正值仲春时节，沙漠上长满了可做骆驼粮食的白草。

赵行德和朱王礼在部队的前头并驾而驱。赵行德想起早年在故国时读过的一句古诗："酒泉西望玉门道，千山万碛皆白草。"他念给朱王礼听，并说如果这诗所言非虚，脚下的白草会一路延绵，直至瓜州。

朱王礼对诗的内容不感兴趣，倒是感慨起赵行德的经历来："你这样的读书人怎么就阴差阳错跑到这儿来了。当初去兴庆的时候，你就该直接回到大宋去。"

赵行德笑道："既来之，则安之。"

"是啊，既然来了，就回不了头了。你小子回来，不就是为了死在这白草中吗？"

朱王礼话中似乎在暗示着回鹘郡主之死。

从甘州开拔前往肃州的那天晚上，部队宿营在一条干涸的河岸边，当时两人谈及郡主之死，并以各自的方式进行了悼念。从那以后，两人不约而同地不再提起。

赵行德现在已经很少想起她，也没有刻意去遗忘，只是自然而然地想起来的次数变少了。不过，深情并未因此褪色。每次忆起，她的容颜都依然清晰。不，应该说是越来越鲜活。他记得她幽深的眼眸、高挺的鼻梁、微抿的嘴角，更记得在甘州相遇时，她那悲喜与惊讶交织在一起的最后一笑。还有那从城墙上飘下的小小黑点所画出的凄美曲线，至今仍在赵行德心中绵延。

每次回忆，赵行德心中升起的既不是对故人的爱恋之情，也不是悲欢叹惋，而是超越了凡情，是对某种纯粹完美的事物发出的赞叹，这让赵行德内心充满了安定与静谧。

"一切皆是因缘。"赵行德用佛教中的一句话来回答朱王礼。他知道朱王礼未必听得懂，可除此以外，他想不到更合适的话。

朱王礼没理会赵行德的话，又自顾自接着说道："这回到了瓜州，你就去太守手下听差吧，肯定有你的用武之地。

我不懂因缘不因缘的，你跑到西夏前军里来，一定是什么地方弄错了。这是肯定的。瓜州是咱汉人的地盘，只要你耐心等待，一定有机会回到宋土。"

朱王礼的一番话并未在赵行德心中掀起波澜。就算离开队伍去太守府任职，也没有什么特殊意义。那一天能否到来，听凭因缘。他不排斥回到宋土，但也并没有一定要回去的强烈愿望。比起这些，赵行德倒是对朱王礼的内心深处更感兴趣。

"我倒无妨，但大人又作何打算？"赵行德问道。

"我嘛，还有事情要做。"

"什么事？"

"这还要问！我每天心里想的是什么，你难道还不知道吗？"朱王礼朗声笑了起来，随后再次坚定地说道，"有件事，我非做不可。"他却又只字不提到底是什么事。

赵行德有些茫然，想不出到底是什么事，但他知道，朱王礼一定做得到，因为朱王礼向来言必信，行必果。

肃州到瓜州相距六百三十里，约十天路程，沙漠到处结着厚厚的冰层。第二天，一整天的行军途中，都能看到白雪皑皑的远山。其后四天在沙漠中行进，狂风肆虐，飞雪扑面。第六天经过疏勒河多条干涸的支流后，他们终于走出沙漠，来到许久未遇的草原地带，这里也结满了冰。第七天和第八天又进入了狂风呼啸的沙漠地带，直到第九天才又来到草原。

第十天中午时分,朱王礼的部队顶着漫天风沙进了瓜州城。瓜州有东、西、南三座城门,队伍由东城门开进,各族士兵组成的瓜州军队列队相迎。五千大军再加上数不清的战马和骆驼,让小小的城邑一下子拥挤起来。这是一座建在沙漠之上的城池,城内的道路也都积满了沙土,走在上面和行走在沙漠没有什么区别。

队伍进城后,狂风连刮了三天三夜,连古城墙的上部都被吹塌了。据说这里常年刮风,一年三百六十五天,不刮风的日子屈指可数。

整天狂风肆虐,这让赵行德很难忍受,不过另一方面,他又难得地感到心里踏实。贩卖羊毛、兽皮的商人也好,出售甘草、杂谷的农民也好,大多是汉人。肃州也有不少汉人,但他们的风俗习惯已不同于汉人。瓜州却不一样,语言、风俗甚至服饰都让他想起故国。连那破旧矮小的城墙,赵行德都觉得似曾相识。连续几天,他都在被风肆意吹拂的大街小巷徜徉。

进城后第七天,赵行德和几个同僚跟随朱王礼应邀前往太守府。

太守府宏伟气派,曹延惠本人看上去四十五六岁,身材肥胖,表情沉稳,略带阴郁。不愧是一度统治整个河西地区的节度使曹氏后裔,修养良好,只是似乎缺乏魄力。

曹延惠向来客表示，兄长曹贤顺所居的沙州（今敦煌）是座大都邑，佛教兴盛，来往的西域商旅络绎不绝，城内极为繁荣，百姓也多殷实富庶之家。相比之下，瓜州地小民贫，虽受兄长之命镇守于此，实在没什么可请客人参观之处。不过，他对佛教的恭敬之心，自信不输于人，收集了不少珍贵的佛教经典，分别藏于两三座寺院之中。要是有人有意一观，可随时奉陪。

众人中只有赵行德对佛教感兴趣，他表示希望改日再来专程拜访。

曹延惠接着对大家说："听说西夏近来也有了自己的文字，我愿意将自己收藏的佛经译成西夏文送给西夏。想必在兴庆已经有人着手翻译佛经了，但我很想做这件善事，报答佛恩。一切费用都由我来承担，还望各位能助我一臂之力！"

曹延惠说得诚恳，可惜除了赵行德无人答话。他只管讲佛经的事，也不招待众人酒饭，朱王礼很不满意，板着面孔，闷坐不语。

然而，曹延惠并非不通人情世故的迂腐之人。一行人正觉无聊准备告辞时，曹延惠表示愿为每位客人提供府邸一座、于阗美玉一块，另送队长朱王礼侍妾一名。朱王礼听后大喜，立刻拿出了队长的威严和气魄，表示太守若有吩咐，尽管开口，愿效犬马之劳，又特意拉过赵行德，说："佛教之事，我是一窍不通。这人倒是可以派上用场,有事只管和他商量。"

朱王礼的府邸位于城东,原是一位回鹘商人的宅院,大大的庭院内修有一座方形喷泉,非常气派。屋内家具用度装饰豪华,挂满了匾额和对联。朱王礼在这里度过了他人生中最安稳富贵的一段时光。

分给赵行德的宅子也在城东,面积虽不足朱府十分之一,但赵行德很满意。因为宅子旁边就是阿育王寺旧址,再稍微走远一点,是一片稀疏的树林,林中立有古塔一座。此外,附近还有若干古寺的残垣断壁,充满了浓郁的佛教气息。每日起居由两个随从伺候,一日三餐则从军中送过来。

搬家以后,赵行德多次去曹延惠府上拜访,两人很快熟悉起来。一次,曹延惠看了赵行德的书法,赞不绝口,直称沙、瓜两地无人能出其右。而赵行德在佛典和教义方面的渊博知识,也让这位笃信佛教的掌权者心悦诚服。

一天,赵行德到太守府上拜访,曹延惠又提起初见时谈到的佛经翻译一事。他解释说,也许兴庆那边已经有人在做,但他翻译佛经不为别的,只出于信仰,想以此敬奉佛祖。赵行德认为兴庆方面不见得已经着手译经,因为西夏文字刚刚创立,兴庆收藏的佛经也寥寥可数,加之建国初期,百废待兴,应该还顾及不到这一点。曹延惠申请做这件事,西夏方面必定赞成,但要他们提供具体帮助,就未必容易了。

曹延惠听了却说:"你们长官不是已答应帮助我了?"

不知为何,赵行德对曹延惠很有好感。他在政治上软弱无能、胆小怕事,见西夏强盛起来威胁到自身安全,吓得立刻称臣自保,在人格上却有纯粹而执着的一面。赵行德喜欢看曹延惠笑的样子。他脸上松弛的皮肤缓缓而动,最后才从眼角和唇边流露出内心的喜悦,让人联想到婴儿纯洁无瑕的笑容。不知不觉间,赵行德想,为了让曹延惠露出这种喜悦的表情,也应该助他一臂之力。

回到军中,赵行德把自己的想法告诉了朱王礼。

"你帮他就是了。"朱王礼听了立刻说,"翻译佛经的事我不懂,只要不是干坏事,只管帮他。"

"我可以帮他,但我一个人做不成。得找几个有学问的人一起合作才行。"

"那就找几个人来嘛。"

"这种人才只有在兴庆才找得到。"赵行德说。

"那就去兴庆找吧。"朱王礼满不在乎地答道。

去兴庆一趟并不容易,但那里一定能找到可以胜任的人,赵行德的脑海中已经浮现出了几张面孔,都是之前一起整理西夏文字的汉人。

五月初,赵行德做好了去兴庆的准备,包括以曹延惠和朱王礼的名义提交的各类申请文书也都备齐了。然而出发的具体日期却迟迟定不下来,必须耐心等到有西夏军队从瓜州向东进发,赵行德才能随行。

五月中旬的一天,曹延惠让赵行德到府,告诉他:"有个叫尉迟光的沙州商人要去兴庆,你跟他一起走如何?"

赵行德不知道尉迟光是何许人物,西夏和吐蕃正在交战,他却要组商队去兴庆做生意,这个举动怎么想都太过鲁莽。赵行德决定先见见这位商人,因为曹延惠对他也了解不多。

赵行德到南门外的客栈拜访尉迟光。不巧尉迟光外出不在,伙计说他很快就会回来。于是,赵行德站在拥挤而狭窄的巷角等他。

不久,尉迟光出现了。他是个看上去不到三十岁的年轻人,身材消瘦,高个子,黑皮肤,目光锐利。一开始,他似乎拿不准赵行德因何而来,说话态度很是谨慎。"你是西夏驻军的人吧?有何贵干?"

"太守让我来的。"

"别拿太守吓唬我。我们可是名正言顺办了通行证的。有事快说,我正忙得不可开交呢。"

赵行德看出对方性情急躁,就开门见山地告诉他自己希望加入去兴庆的商队。

年轻人问:"这是西夏军的命令还是太守的命令?"

赵行德回答:"两边都有。"

"我们商队从来没带过外人。不论是西夏驻军还是太守,要是单方面的命令，我肯定拒绝。可双方都下令了，只能勉为其难带上你了。后天早上出发，明晚月亮一出，你就带好行李过来。"随后，尉迟光语气粗暴地补充说，既然加入了商队，就必须一切听他命令行事。

第二天，赵行德去朱王礼府上辞行。一见面，朱王礼劈头就嚷："为了你小子，我被人讹了二十件武器去！"

赵行德有些诧异，不知道朱王礼在说些什么。听了半天才明白，原来是尉迟光到朱王礼这里借了二十件武器，作为带他去兴庆的酬劳。

"我看那不知天高地厚的臭小子有点意思，就答应了。这样也好，你在他跟前有面子。"朱王礼说。

离开朱府，赵行德直奔曹延惠府邸，得知尉迟光也跑到这里来要了好处，这次不是武器，而是打算借走五十头官用骆驼。曹延惠也答应了，给他出了证明，让他去驼官处领取。

和朱王礼一样，曹延惠也对赵行德说："这下你可以理直气壮地加入他们的商队，不用委屈自己听他们摆布。尉迟光本来只有五十头骆驼，现在无偿借给他五十头，他岂能不敬你如上宾？"

赵行德眼前浮现出尉迟光冷酷的面孔，不禁想到，就算给他再多好处，恐怕也无法让他的目光平和下来。

当天晚上，赵行德带着两名士兵来到了约定地点。不一会儿,尉迟光也到了,他从士兵手中接过赵行德的行李交给驼夫,丢下一句"跟我来",抬腿就走。赵行德匆匆打发两名士兵回去,转身跟了上去。虽然已经进入五月,夜里依然寒气逼人,冷风中,赵行德深一脚浅一脚地走在沙路上。

赵行德边走边想,这个尉迟光到底是哪国人呢?他的长相既不像汉人,也不像回鹘人或吐蕃人,甚至可以说和赵行德在西域见过的任何一个国家的人都不像,说的又是带着当地口音的汉语。两人沿着城墙边黑黢黢的小路前行,赵行德实在按捺不住,抛出了心中的疑团。

"你是哪国人?"

尉迟光听了,停下脚步转过头来,一字一顿地答道:"我是尉迟光。"

"我知道你的名字,我问你是哪国人。"

尉迟光突然提高了声音,嚷道:"笨蛋!说了姓尉迟,你还不明白?除了于阗的尉迟王朝,还有谁能用这个姓?我父亲可是不折不扣的王族。"说完,又转回头去,边走边低吼道,"尉迟族不幸败于李氏,被李氏抢了王位。但李氏这种小人又怎么配与我尉迟族相提并论!"

如果他所言不假,那他的父亲就是于阗人,可他的长相却和赵行德认识的于阗人不大一样。

"那你母亲呢,是哪国人?"赵行德又问。

"我母亲?她出身于沙州名门氾氏一族。我外祖父在沙州鸣沙山开凿了很多佛洞。"

"开凿佛洞是什么意思?"

尉迟光再次停下脚步,回身一把抓住赵行德的领口,一边慢慢地勒紧,一边咬牙切齿道:"在鸣沙山开凿佛洞,那是顶难的事。做这种事的,要么是名门望族,要么能富甲天下,懂吗?你给我记住了!"

赵行德只觉得颈部被紧紧勒住,喘不过气来,上半身又被狠狠地摇晃了几下。他想叫喊却发不出声音。随后,他两脚离地,身体轻飘飘地浮起,下一个瞬间已经仰面倒在沙地上。倒是一点也不疼,好像摔在稻草堆上。

赵行德拍了拍沙土,慢慢爬起来。也许是因为并未摔疼,他心里没有因此憎恶尉迟光,只是默默地跟在他身后,继续向前走。

按照尉迟光所说的来看,他是阗人和汉人的混血。不提他父亲,单看他母亲这边,河西的汉人多混血,尉迟光想必也从母亲身上继承了多个民族的血统,难怪他的相貌举止和哪个民族的特征都不大一样。

城墙边的路又黑又长,赵行德甚至怀疑是不是永远也走不到尽头。终于,两人来到了一处明亮些的地方。说是明亮些,其实并没有灯火,只是赵行德感觉就像到了明亮一点的地方似的,薄暮中,周围建筑的轮廓朦朦胧胧地浮现了出来。

这是一条笔直的窄巷,两侧都是土房,这些房子与普通民宅不同,屋檐低矮,四周围着土墙。屋前有庞然大物来回走动,应该不止五六头。赵行德呆站了一阵,才想起环视四周,同行的尉迟光已不见了踪影。赵行德意识到他也该赶快离开此地。路上的牲口越来越多,也许是从土房中出来的,正成群地向赵行德这边慢慢移动。

就这样,赵行德被牲口追赶着来到了城墙下的广场上。他以前都没注意到,城里还有这样一处大广场。只见成群的骆驼被牵到广场上,十几个衣着怪异的男人穿梭其中,忙着往骆驼背上装运货物。

很快,赵行德听到了尉迟光独特的声音。短促有力的怒喝声穿过人群和牲口,断断续续传入赵行德的耳中。赵行德顺着声音寻了过去,紧挨着他站定,免得再次走散。尉迟光换着不同的语言喊来喊去,回鹘语、吐蕃语和西夏语赵行德还能听得懂,其他就完全听不懂了。每听到一种陌生语言,赵行德就问尉迟光是哪族话。尉迟光开始还一一作答:于阗、龙族、阿夏语,但很快就被问烦了,吼道:"烦死了!给我闭嘴!"说着,他突然勒住赵行德的脖子。和上次一样,赵行德的身体又离开了地面,随后轻飘飘地摔到了沙土地上。

不觉间,月光洒满了广场。上百头骆驼和十几个男人彻夜装载着货物，漆黑的影子映在灰色的沙土地上。

只有赵行德无所事事，他索性离开尉迟光，在人与骆驼之间闲逛，四下查看货物，顺便打听一下其中到底装的是什么。有时一问就通，有时他试遍了自己会说的语言还是无法沟通。虽费了些力气，他还是大致清楚了商队运往东方的货物，有玉石、波斯织锦、毛皮、西域各国出产的香料、布匹、种子，还有各种杂货，真是种类繁多。

四周渐渐安静下来，应该是货物已经装完。随着尉迟光一声令下，商队出发了。他们打开平日紧闭的南门出了城。上百头骆驼排成一条长长的纵队，每隔一段，就有一名全副武装的守卫骑在马上。赵行德骑着一头骆驼，跟在队伍后面。

"我的行李在哪儿？"他问前面骆驼上的尉迟光。

"就在你屁股底下的骆驼上。下回要是再找不着行李来烦我，我可饶不了你！"尉迟光吼道。

天还未亮，月亮高高挂在天上，淡淡的月光洒满了原野。

尉迟光带领商队从瓜州到兴庆，路上走了整整五十天。住在瓜州城时察觉不到，赵行德出城后才知道，河西地区各处，西夏军和吐蕃军之间的小规模冲突不断。遇上战斗，商队就停下等待或绕道而行，为此多费了许多时日。

最让赵行德惊讶的是，西夏军和吐蕃军似乎都给尉迟光面子。碰到已经开战的双方,尉迟光就绕道而行;若两军对峙,只要尚未开战,尉迟光就会大摇大摆地从这边阵地走到另一边去,或是高举绣有象征尉迟家保护神毗沙门天的梵字大旗,亮明身份,从容横穿过两军之间的阵地。而两军似乎都有意等商队过去后才重新投入战斗。

比起经过战场,更让尉迟光头疼的是经过各个城镇。不论是到了肃州、甘州还是凉州,赵行德都亲眼见过尉迟光郁闷、发怒、大吼大叫。每到一处,都要缴纳过路费,并为此耽搁两三天。据尉迟光说,西夏占领这些地方之前,只要给回鹘衙门交税就行了。现在既要向西夏交钱,还要照样给回鹘衙门交钱,因为掌握实权的还是回鹘人。只这些税钱,已经花掉驼背上五十团玉石原石的近五分之一。

出发前,赵行德对这位年轻的队长几乎一无所知,这一路走下来,赵行德已经摸清了尉迟光的身世和脾气秉性。尉迟光为了钱可以不择手段。他固然是一个商人,但有时称他为强盗或土匪也不过分。

只要碰上比他规模小的商队,他就会带上两三个伙计,也不知用了什么方法,总能把对方的货物全部讹诈过来。这一切,赵行德都看在眼里。商队里还混杂着盘踞在沙州以南山区的龙族人和西面的阿夏族人,他们都以凶悍闻名,随时可以变身为劫匪。

尉迟光天不怕地不怕,这世上有让他气愤的,也有让他看不顺眼的，但好像没有什么能让他害怕。他傲视一切，那劲头仿佛不到寿数将尽的最后一刻，连死亡都不敢挨近他似的。

赵行德知道，这个桀骜不驯的年轻人所做的一切，都源于对自己身世的骄傲。如今，尉迟王朝已从这片土地上消失，但这辉煌的家世可以让尉迟光瞬息万变，为了这份荣耀，他既能刚勇无比，也会冷酷异常。连在沙漠里袭击别人的商队，尉迟王族的骄傲都会隐隐作祟。他不把别人洗劫一空决不善罢甘休，似乎就为了显示祖上的荣光和威势。

如今的兴庆，相比于三年前赵行德住在这里时，已经面目全非。城里人头攒动，商铺街熙攘喧嚣，新建了很多大商号，三年前古城特有的沉静消失殆尽。城内人满为患，连城外十一层北塔附近也建了新街区。西塔所在的城西地区、赵行德住过的寺院所在的西北角，也是同样的情形。

西夏急速发展成了大国，兴庆也随之迅速膨胀为大城市，然而赵行德却看到人们的衣着普遍寒酸朴素。可以想见，与吐蕃的战争迫使人们交了重税。当年赵行德常听人说，距城西八十里的贺兰山脚下要建很多寺院，如今却再没人提起，恐怕建寺院的费用也都充作军费了。

这次赵行德仍住在城西北角的大寺院里。这里更像个正式的学校了，有不少教师和学生。汉人教师增加了不少，曾和赵行德一起做西夏文工作的几位相熟的汉人也在其中。

最令赵行德惊讶的是，他的汉夏文字对照表已经被装订成册，另外还有几册手抄本可同时使用。年近六旬的索姓老人拿了一册请赵行德题写书名。索姓老人一直参与西夏文工作，在这个机构里最有资历，也是总负责人，他并不是学者，而是个官员。得知赵行德回来，索姓老人想到该给小册子题个书名。著者本应署与机构相关的西夏人的名字，但赵行德对这项工作贡献最大，所以特别把题名的权利给了赵行德。

赵行德翻开小册子，自己曾挑选的词汇立刻映入眼帘：霹雳、火焰、甘露、旋风这类关于自然现象的词汇排在一行，右侧列着对应的西夏文，并用汉字注着发音；汉字上也标着西夏文发音。学生抄写的字迹有些拙劣，但这本小册子唤起了赵行德的无数回忆。

翻到另一页，是猫、狗、猪、骆驼、牛、马等一连串动物名称，再下一页是头、眼、脑、舌、鼻、牙齿、口、唇等关于身体部位的词汇。

赵行德入神地翻看了一会儿，才执笔蘸墨，在封面上贴着细长白纸的地方，题了"番汉合时掌中珠"几个字，然后放下笔，递给索姓老人过目。"这样行吗？"见老人点头，赵行德就在另外几张纸片上题了同样的字，用来贴在其他手抄本上。

索姓老人曾是赵行德的上司，一到兴庆，赵行德就通过他办理了必要的手续，以便尽快达成千里迢迢从瓜州来此的目的。一个月后，政府批准了赵行德的申请，派六名汉人受聘于瓜州太守曹延惠。这六个人都精通宋、西夏两国文字，且有佛学修养。其中有两位僧侣，年纪五十岁上下，另有三个人四十岁左右，都曾与赵行德共事。申请审批得这么快，是因为兴庆方面果然还没有开始翻译佛经，甚至经卷还没收集全。据说，西夏最近要派使者到宋去取经。

调派人员的事情办妥，赵行德决定自己先回瓜州。带上共事的同伴一起走最好不过，无奈众人还没做好准备，要初秋才启程。

七月盛夏，赵行德与在兴庆办完事返回西部的尉迟光一行结伴，向瓜州进发。尉迟光的货物比来时增加了几倍，为此又添了三十头骆驼，几乎一名驼夫要照看十头。回程带的货物大部分是丝绸，另外还有少量笔墨纸砚、书画古董等小物件。

赵行德已经摸透了尉迟光的为人，除非有事，尽量不会靠近他。自尊心和自豪感以常人难以想象的奇妙方式驱动着尉迟光，待在一处又不冒犯他非常困难。赵行德知道，不招惹他才是上策。可尉迟光却常来找赵行德，在他看来，手下和驼夫都愚蠢又卑贱，只有赵行德的身份多少具备与他平等谈话的资格。

与尉迟光同行的旅途并非一帆风顺。出了凉州城的第二天晚上，一行人在泉水边的草地上露营。赵行德和五名驼夫住在一顶帐篷里，尉迟光走了进来。像往常一样，他一出现，帐篷里的气氛瞬间变得紧张，驼夫们退避到帐篷的一角，背转过身去。

尉迟光看也不看驼夫，径直来到赵行德面前，突然开口道："回鹘的娘们，从上到下个个都是淫妇！"

一般情况下，无论尉迟光说什么，赵行德只当作耳旁风，默默听着，并不理会。唯独这句话，赵行德无法听之任之。

"绝非如此！"赵行德说完，又语气非常坚决地补充道，"回鹘女子也是讲贞节的。"

"哪有！"

"身份低微的人怎么样我不知道，但是有个尊贵的王族女子，为了证明自己的贞节，不惜舍命。"

赵行德话音未落，尉迟光大喝道："住嘴！少胡说八道！"他瞪着赵行德，"什么尊贵的王族！谁知道回鹘的王族是从哪里来的东西！"

赵行德明白，尉迟光的意思是只有于阗王族才称得上是尊贵的王族。对这个年轻的亡命之徒，赵行德凡事都不与他计较，然而关于回鹘王族女子贞节的问题，却无论如何不想让步。

"与来历无关，我说的王族，是指把高贵的精神代代相传的家族。"

"一派胡言！"尉迟光突然伸出双手，抓住赵行德的衣领，勒紧了他的喉咙，"你敢再胡说八道一遍？"说着，他双手用力，将赵行德从铺着干草的地面上提起来，悬在空中，"你给我说！"

赵行德想说也发不出声来了。

勒紧脖子的手一松，赵行德重重摔在干草上，不等逃开，又被提起来猛摔在地上。尉迟光的暴力，赵行德以前也见识过不止一次，但这次他不肯服软。一摔落到地上，他口中就断断续续地冒出"王族""高贵""精神"等字眼。

"好吧。"看赵行德一直拼命挣扎不肯改口，尉迟光好像作罢了似的，放下手想了一会儿说，"跟我来！"他随即出了帐篷。

赵行德也跟了出来。夜里的寒气宛如隆冬，白昼里热得灼人的沙子变得冰冷刺骨。微光中，赵行德看到十几顶帐篷井然有序地排列着，整齐得似乎用尺量过。

尉迟光沉默着离开帐篷，朝旷野方向走了十六七丈后，停下脚步说："你说，'只有于阗尉迟家族才配称是王族'。说了我就不把你大卸八块，快说！"

"不说。"赵行德道。

尉迟光有些不解地问："你怎么就不能说？好，你不说，你这个废物！那就说'回鹘娘们都是淫妇'，这总能说吧？"

"不说。"

"还不说？为什么？"

"回鹘王族的女子，为了表明自己的贞节，不惜跳下城墙以死明志。"

"好啊！"

话音未落，尉迟光就向赵行德扑了过去。赵行德的身体立刻摔在地上，仿佛变成一根与地面平行的棍子，在尉迟光脚边被踢得滚来滚去。

赵行德感到身体很快就会离开滚动的轴心，飞入幽暗的空中，然后摔落在被夜露打湿的草地上。头上的星空仿佛是一块板，倾斜着向他压下来。他直挺挺地躺在大地上，脑海中掠过白露、雷雹、闪电、虹霓、天河等一连串文字，那都是他自己命名的《番汉合时掌中珠》中，列举在同一页上的有关天体现象的词汇。紧接着，赵行德感到那个狂暴的人向他压过来。

"畜生，给我说！"

"要我说什么？"

"尉迟——"

尉迟光还没说完，赵行德本能地四肢运力，要把压在身上的人掀翻下去。他察觉到赵行德居然要反抗，立刻怒火中烧。"你小子竟敢反抗我?！"说着，他站起身，抓住赵行德的衣领，把赵行德凌空拎了起来。赵行德知道自己又得在他脚边翻滚了。

不料,卡住赵行德脖子的手松开了,赵行德恢复了自由,踉跄几步,跌坐在草地上。

"这是什么东西?"

头上传来尉迟光的声音。只见尉迟光手里拿着一个小物件,在黑暗中凑近了端详。赵行德抬着头看了一会儿,发现尉迟光手里拿的像是一串项链,他赶紧把手伸进衣领,果然,东西不见了。他立刻站了起来。

"还给我!"赵行德用前所未有的强硬口吻逼向尉迟光。

"这玩意儿你是从哪儿弄到的?"尉迟光的语气反而变得平静了。

赵行德没有作声,他不愿意告诉这个无赖,项链是回鹘郡主送的。

"你小子竟有这么厉害的东西。好生收着吧。"

不知尉迟光在想些什么,竟然把项链还给赵行德,好像忘记还要教训赵行德似的,转身走开了。项链已经断了,上面的玉珠倒没有散落,一颗也没丢。

这件事过后,尉迟光一改对赵行德的态度,变得温和许多,也不再对赵行德说粗话,还时不时凑过去,想探听玉珠项链的来历。

从朱王礼那里借来的二十件武器,及曹延惠送的五十头官用骆驼,本该由赵行德来支配,既然这个凶暴的年轻人一反常态、被阉割了似的突然温和起来,赵行德便趁机收回这项被他夺走的权利,开始我行我素了。

赵行德知道,尉迟光一伙要抢走他的项链轻而易举。他们不这样做,无疑是想探出项链的来历,好弄到更多玉石。

进入甘州后,商队在驼坊住了三天。赵行德趁机从西南角登上城墙,远望过去,除了城南门外的市场,只有一望无际的草原;俯视城墙下,广场上来往穿梭的人只有豆粒般大小。他转身朝回鹘郡主跳下的西城墙走去。

回鹘郡主为他结束了生命,他却没能为郡主做些什么,想到这里,赵行德仍觉心里隐隐作痛。在城墙上漫步了大约半个时辰,他心中产生一个想法:回到瓜州以后,把自己的事业献给这位郡主。他的事业就是协助曹延惠将汉译佛经转译为西夏文,他要用与佛经有关的工作,来祭奠回鹘郡主的亡灵。

思及此,赵行德的双眼立刻熠熠生辉。他本就对翻译汉译佛经很有热情,再加上思及回鹘郡主,这项工作对他有了完全不同的意义。

赵行德顶着烈日在城墙上徘徊,从脖颈到脚底,浑身上下大汗淋漓。

"稽首三界尊,皈命十方佛。我今发宏愿,持此金刚经。上报四重恩,下济三途苦。若有见闻者,悉发菩提心。尽此一报身……"

赵行德口中自然而然地念出了《金刚般若波罗蜜经》的发愿文，眼泪不由得夺眶而出，与汗珠一起流过面颊，滴落在城墙的红土上。

第六章

自明道二年（公元 1033 年）夏到景祐元年（公元 1034 年），赵行德受瓜州太守曹延惠之托，离开军队，专注于把佛经译为西夏文的工作。曹延惠将自家一处宅院拨给翻译使用。秋末，从兴庆调来的六位汉人到达，加上赵行德共七名翻译，将佛经分为涅槃部、般若部、法华部、阿含部、论部和陀罗尼部，大家各承担一部分，从早到晚埋头译经。

瓜州的气候，一年中有九十日极寒，五十日酷暑，并且雨水稀少。特有的大风冬春最为猛烈，飞沙走石，昏天暗地，有时甚至延续数日。

赵行德负责翻译在肃州初次读到的《金刚般若经》。虽然进展缓慢，但他专心工作，把其他一切都抛诸脑后。

这年夏初，朱王礼的部队多次出城与附近的吐蕃军队开战,时而带回敌方俘虏,其中有吐蕃人,也有回鹘人。战事无论大小,朱王礼都亲自率兵出战。他不出战的日子,赵行德每隔两三天就去看望他。

初秋的一天,赵行德又来到朱王礼豪华的住处,碰巧朱王礼刚打完一场持续数天的硬仗回到家中。他的神色略带亢奋,言谈举止间透着自信,使赵行德大为欣赏。朱王礼并不讲战事的具体情况和经过,赵行德追问得多了,他就含糊其词,叫出曹延惠送给他的年轻侍妾娇娇添茶。看起来,朱王礼喜欢这位汉族女子,女子也尽心尽力侍候他。赵行德每次来,都听到朱王礼不停地叫娇娇的名字,他在战场上发令的声音有些独特,而呼唤这女子的声调同样有种独特的韵味。

这天,赵行德和战袍未解的朱王礼相向而坐。这是一个少见的无风天,窗外秋日静谧的阳光洒满了中庭。喝过茶,朱王礼脱下层层军装,娇娇在他身后温柔地为他更衣。

"咦,这是什么呀?"

赵行德随娇娇清脆的声音转过头去,只见她一只手托着朱王礼的衣服,另一只手拿着一串项链。朱王礼慢慢转过脸来,待看清娇娇手里的东西,瞬间变了脸色,厉声喝道:"放下!"他语气激动,连赵行德都吓了一跳。娇娇连忙把项链放到桌上,呆呆地看着朱王礼。朱王礼拿起项链进了里间。出来时,他的脸色已经恢复平静,又用特有的语调叫娇娇，命她沏茶。

赵行德回到住处，终日心神不宁。他怀疑朱王礼的那串项链与他的一模一样。虽然只有娇娇举在手里的那一瞬，但他觉得自己不会看错。赵行德记得回鹘郡主颈上戴着两串相同的项链，现在看来，一串在他这里，另一串在朱王礼手中。若真是这样，朱王礼是怎么得到的呢？和他一样，也是回鹘郡主送的吗？还是朱王礼从郡主那里抢来的呢？赵行德思来想去，心烦意乱。除非找朱王礼问个究竟，否则无论如何都没有答案。

夜深以后，赵行德渐渐想通了，不再被这个想法纠缠。其实，他弄不清楚的绝不止项链这一件事。显然，朱王礼当时爱上了郡主，至今仍一往情深。可是，两人交往到何种程度，他不知道，也无权知道，因为与郡主立下誓约又没有践行的是他自己。况且，郡主是为他才从甘州城墙上跳下而死的（赵行德相信是这样），仅这一点就足够了。其他事情又何必追究呢？

想到这里，赵行德下定决心，绝不向朱王礼提项链一事，就像他从未打听过朱王礼与回鹘郡主的关系一样。朱王礼的项链是回鹘郡主的也好，不是也罢，都与他和郡主的关系毫不相干。

项链的事情过去半个月左右，尉迟光突然出现在赵行德的住处，说是刚从兴庆回来。当时带赵行德从兴庆回来后，他只在瓜州停留两三天就去了沙州，此后一年中音信皆无。

尉迟光来的时候已是傍晚。太阳一落山，屋子里立刻寒气逼人。尉迟光依然是一脸精明强悍，目光犀利。赵行德请他在椅子上坐下。他一落座，就语带威胁地说，有件事今天不弄明白决不罢休。

"你的项链到底从哪儿弄来的？我不会看走眼，那可不是一般的玉！在于阗，那玉称为月光玉。我什么玉石没经过手啊，但这种极品还是头次见。你别误会，我不是要你手上那块玉石，你拿着你的。我是要另一串。"

"另一串？"赵行德不由得高声道。

"对，应该还有一串。告诉我那串在哪儿！我要把那串弄到手。我向来说一不二、说到做到。这项链是成对的，另一串在谁手里？"

"我不知道。"赵行德答道。

"不可能不知道。项链是别人给你的,到底是谁给你的？告诉我！"

"不知道。"

"什么不知道！"尉迟光霎时间怒气冲天，面露狠色，但很快又回过神似的说，"兄弟，别这么不讲义气啊，咱不是搭伴去过兴庆的朋友嘛！"

"不知道。"

"那你手里那串是怎么弄到的？偷的？"

"不知道！"

尉迟光气得脸直发抖。"别敬酒不吃吃罚酒，算我尉迟光求你了。"这个壮汉站起来，朝四周看了看，似乎要向赵行德动粗。

"不知道就是不知道！"

"好，那老子就要你这串了！"尉迟光变了脸色，似是忍无可忍，一把抓住赵行德的衣领，但很快又改了主意。从赵行德手里抢下那串项链易如反掌，倒不如暂且留在他手里，等于藏在了一个安全又不惹人注意的地方。再说，弄一串不如两串都弄到。

尉迟光的表情缓和下来。"这玉石很厉害，它得归到该归的地方。这串你收着，我要另一串。我是尉迟王朝的后代，项链归我才般配。你好好想想，我从凉州回来再找你。"说完，尉迟光起身离开沉沉暮霭中的房子，向寒冷的户外走去。

二十几天后，尉迟光又来到赵行德的住处。据他说，他原本打算去凉州，但七月份时，西夏统帅李元昊越过边境攻入宋土，沿路抢劫民宅，直攻到庆州，最近才撤回兴庆。为此，甘州以东一带的河西地区，据说除了吐蕃军，宋军近期也要攻进去，弄得人心惶惶，上下一片混乱。只有瓜州这里对情况一无所知，毫无动静。其实,在甘州以东地区，不论是沙漠、草原还是高原，每天都有大批西夏军和吐蕃军乱纷纷地神出鬼没，连尉迟光也嗅到危险，到了甘州就不敢再向东进了。说完，尉迟光话锋一转，又抛出说了几十遍的老话题。

"项链的事你想好了吗？你到底从哪儿弄到的？"

"不知道。"赵行德也用这句说了几十遍的话来应付他。

尉迟光时而威吓，时而高声叱骂，时而又好言相劝，使尽浑身解数，仍是一无所获。最后，他像以往一样缓和了态度，留下话让赵行德再想想，然后悻悻而去。他还说这次要组商队去高昌。

次年景祐二年（公元1035年）正月，朱王礼的部队接到了进军的命令。西夏军征讨吐蕃角厮罗，准备先攻取吐蕃的大本营青唐，命朱王礼的部队打前锋。西夏的战略是抢在与宋军决战前，对吐蕃发动大举进攻，一鼓作气清除吐蕃的势力。

赵行德奉命来到朱王礼的府邸。朱王礼迎头就问："你去不去？"

"当然去。"赵行德答道。

"不知道能不能活着回来。"

"明白。"

赵行德不怕死，只是《金刚般若经》的西夏文翻译尚未完成，是他心头一大憾事。不过，这也是身不由己。赵行德想，若能活着回来，还可以继续这一事业。

许久不曾投身沙场，即将启程的赵行德心里又紧张又兴奋。然而两三天后，部队正忙于准备出发时，赵行德再次被叫去见朱王礼。

"你还是留下做手头的工作吧。给你五百士兵，留守此城。"朱王礼说完，看赵行德要开口，就厉声道，"这是命令，不必多问。"接着，他详细交代了统领留守部队的注意事项。

朱王礼率领四千五百名士兵开出瓜州城这天，烈风夹着雪花横扫过古老的城墙。长长的驼队和马队从朝京门出城向东进发。队伍一出城门，立刻淹没在暴风雪中，连影子都看不见了。赵行德率部送行，久久列队在城门两侧，注视着出征队伍消逝在一片灰茫茫之中，仍不忍离去。

此后，瓜州城内突然变得空旷起来，安静得出奇。淹没了朱王礼所率部队的暴风雪，又足足肆虐了三天两夜才停下来。赵行德忙碌起来，再不能像往常一样每天去曹延惠府邸的释经堂。偶尔过去，也只是查看一下就匆匆返回兵营。翻译工作的进展非常缓慢，但一刻不停，切实地进行着。他每日必须在军营中四处巡视，训导留守部队，以免士气松懈。更重要的是，赵行德还没有实地统兵作战的经验，他也需要训练自己。

朱王礼率兵驻扎在城内时，吐蕃的小股部队频繁出没，双方常有小规模冲突；朱王礼带队出征后，仿佛双方约好了似的，吐蕃的骚扰也戛然而止。估计吐蕃军也把瓜州附近的小股部队调到东部参加大决战去了。

六月底，距朱王礼率军出征已过去半年，东部战场的消息才传到瓜州。三名身强体壮的汉族士兵带来了朱王礼的信。信是用西夏文写的，非常简洁，看样子是朱王礼口述，命人写下来的。

> 李元昊亲自率部攻打猫牛城月余，敌军不降。我军诈和，使其开城，进城后大开杀戒。我部损失五百人，明早出击角厮罗的大本营青唐。

"我部损失五百人"，大概是指朱王礼所率的部队。一个半月后，即八月中旬，朱王礼再次传来战报，这次是用汉字写的。

> 我军主力攻打青唐，各部在安二、宗河拉开战线。角厮罗的部将安子罗用兵断我归路。我部正在攻打带星岭，昼夜鏖战已有两月余。我部损失三千人。

前一封信是西夏文，这次用汉字，说不定是因为写西夏文的人就是损失的三千人中的一个。这且不论，只从这封信上无法猜测出战况对西夏军究竟是否有利。信末提到损失三千，无论怎么看都是一个惨重的数字。加上前一封信中说的损失五百，朱王礼的部下已经折损了五分之四。

送信人是留守甘州的士兵，并非直接从战场而来，也问不出其他消息。

又过了三个月，到了十一月初，朱王礼发来第三份战报。这次内容比前两次更为简单，也是用汉字写的。

> 转战蕃地二百余日后，角厮罗南逃。我部已在返城途中。李元昊所率主力亦将开赴瓜州。

从这封短信中能看出，李元昊经过长时间激战，将角厮罗赶出了大本营，目前正率部乘胜追击，向瓜、沙二州方面进发。

消息打破了瓜州城之前的寂静，城内骚动起来。一方面要迎接凯旋的朱王礼，同时还要为随后到来的西夏主力军做好扎营的准备工作。赵行德去找曹延惠，将朱王礼来信的内容告诉了他。曹延惠脸上松弛的肌肉慢慢颤抖着，开口道："大事不好！我就知道迟早会有这一天，现在到底来了！"

只看曹延惠的表情，猜不出他是为这一天的到来感到高兴还是难过。然而赵行德马上注意到，曹延惠的身体是因悲伤和恐惧而颤抖。也许是太激动了，曹延惠的嘴不停抖动，像在喃喃自语，声音也很低沉。

"我之前就说过嘛！人们都说，我那在沙州的兄长曹贤顺洞察世事，反应机敏，要我说，恰恰相反！这次就验证了。西夏占领肃州时，曹贤顺就该像我一样，对西夏采取些对策才是。"

曹延惠停了停，目光空洞地凝视着半空，神情呆滞。过了一会儿，他又说道："想来这次事态严重。西夏必定要出动大军从瓜州进犯沙州。这样一来，佛塔要烧，寺院会毁，男人被拉去当兵，女人被掳走为奴。佛教经典肯定都要被抢劫一空啊！我不是没说过，当时曹贤顺还反对我。他要像我一样，派使者去西夏就好了。现在他总该明白我说得没错了。"曹延惠自顾自地说着，仿佛完全看不到眼前的赵行德。

赵行德想，曹延惠心中一直对身为节度使的兄长曹贤顺有所不满，说这些话多少是要发泄一下心中的愤懑。他的语气难免让人这么想，可赵行德很快就发现自己多虑了。

曹延惠站起来，凑近赵行德说："我的兄长要被杀了。沙州必遭践踏。他们会捣毁鸣沙山的千佛洞，烧掉十七座大寺院，偷走佛经！汉人要惨遭西夏蹂躏了。"

曹延惠的眼泪夺眶而出，顺着脸颊滴落。赵行德在一边看着，心中五味杂陈。

第七章

第三份战报送达后不出十天,朱王礼的部队就回到了睽违十月之久的瓜州。这是十一月中旬的一天,正值入冬的第一场冰雹。冰雹似指头大小,砸在地上砰砰作响,声势逼人,人们只能足不出户,等待冰雹过去。

这天一早,接到朱王礼的通知,部队将在傍晚时分到达,赵行德此时正在紧张忙碌地准备迎接工作。因为李元昊的主力部队紧随其后,赵行德还要考虑安置这些人马。不知道总共会有多少人进城,赵行德便派出城内所有士兵到瓜州郊区的村庄大量征收粮食以作备用,不料突降冰雹,只能暂缓行事。

朱王礼的部队与出征时一样,由朝京门入城。四千五百名士兵只剩不足千人。十几头骆驼驮着旋风梭鱼贯而入,朱王礼骑着骆驼出现在高举于两侧的帅旗下,身后跟随三十几名骑兵,其余都是步兵了。

赵行德和曹延惠一起出城,迎接曾经生死与共的老队长凯旋。赵行德看到朱王礼较十个月前变得更加年轻而富有朝气,人晒得又黑又瘦,脸和身体都显得更加紧实。他跳下骆驼,来到赵行德跟前,神情轻松地说了些什么,但赵行德和曹延惠却不甚了了。赵行德凑过脸去仔细听,还是没能听清。朱王礼第三次开口,从喉咙深处发出低沉嘶哑的声音。

"我活着回来了!"

赵行德大约听出是这样一句话,因为朱王礼的声音嘶哑得几乎无法分辨。

赵行德代替朱王礼命令凯旋部队在广场整队集合,慰劳他们征战有功,犒赏酒食。接风宴结束后,再安排凯旋部队入营休整。

接风宴上,朱王礼坐在能俯瞰整个广场的位置上,默默望着士兵们的一举一动,随后招手叫赵行德过来,用依旧嘶哑的声音说了些什么。赵行德俯身把耳朵凑到他嘴边,问了几次,终于听清了老队长的话。

"明天中午就要开战。命太守曹延惠及全城百姓马上出城避难。"

赵行德吃了一惊,不敢相信朱王礼那低沉沙哑的声音居然给出这个命令。他又把耳朵凑上去仔细听。

"明天李元昊的部队进城,我要趁机干掉他。这是千载难逢的好机会。"

赵行德惊得魂飞魄散。然而稍定下心来想想,又觉得并非完全在意料之外。想必朱王礼酝酿这个计划已久,这次终于等到了时机。朱王礼对李元昊显出强烈的敌意,赵行德此前只见过一次。那是回鹘郡主跳墙身亡的第二天,部队从甘州向肃州进发的行军途中。后来朱王礼再没有谈过此事,但他对李元昊的恨意,想来不但没有消除,反而在心中愈燃愈烈。怪不得当年从肃州到瓜州的路上,朱王礼说他有大事要干,原来是指这件事!当时赵行德觉得很迷惑,如今终于明白了。

"他抢走了郡主,又害死了她。郡主被折磨了三天三夜,被迫做了李元昊的小妾,结果还死得那么惨。李元昊那个混蛋,这次要遭报应了!"

如果能出声,朱王礼一定会狂吼乱叫。然而此时,他激昂的复仇宣言只是赵行德耳边断断续续的低语。

"你和郡主到底是什么关系?"赵行德横下心,想趁机一解心中的疑团。

"我爱她。"朱王礼低声叹息着说。

"就为这个?就因为你爱她?"

朱王礼沉默了片刻,才直视着正前方说道:"女人的心思我不知道,但是我爱那个女人。得手后,我就离不开她了。我现在也爱她。"

要听清朱王礼的话非常费力,但是赵行德一个字都没有漏下。朱王礼占有了回鹘郡主,果不出所料!赵行德心中模模糊糊的怀疑终于被证实,激愤的言辞几乎脱口而出,但他极力压制住了。

"那项链是怎么回事?"赵行德问道,感觉身体在颤抖。

"那个女人被李元昊抢走时,我想留下点她的东西。"

"是她送给你的?"

"不,是我抢的。不过,我要拽她的项链时,她没说话,自己摘下来递给我了。"朱王礼说着,突然将直视前方的目光转向赵行德。他盯着赵行德看了一会儿,仿佛在说:你不服气?有什么意见说出来听听?见赵行德沉默,朱王礼又说:"不管怎么样,我要干掉李元昊。你可以自由选择,不同意现在就可以出城去。"

"我也要杀死李元昊。你以为我害怕他,要临阵脱逃?"赵行德说着,五脏六腑都在炸裂、翻腾。然而奇怪的是,对于眼前的朱王礼,赵行德并未感到憎恶。即便朱王礼违背回鹘郡主的意愿强占了她,赵行德也没有什么资格去恨、去责怪朱王礼。是他把郡主托付给朱王礼,又没在约定的期限回去。他对郡主有爱意,但如果朱王礼的感情比他的更狂热,这也没有办法。

然而李元昊不一样，他只是为了在众多妻妾中再添一个，就抢走了美丽的郡主，又将她害死。朱王礼有意除掉李元昊，自己理当助他一臂之力，杀死李元昊！此时此刻，朱王礼的愤怒已经完全感染了赵行德。

不过，赵行德比朱王礼多了一丝冷静。身为一国之君的李元昊，岂会如朱王礼所言，是说杀就能杀的呢！行动可能成功，也可能失败。成功了最好不过，若是失败，后果难以想象。不但瓜州，恐怕整个沙州的汉人都要被卷进一场灾祸中。

得知西夏主力要挺进瓜州和沙州后，太守曹延惠一直战战兢兢，几乎病倒。赵行德每天去府上看望他，努力消除他的惧怕心理。曹延惠的想法每日一变，时而打算恭顺地迎接西夏主力部队进城，时而要弃城逃往沙州，在那里抵抗西夏军入侵。赵行德虽是西夏军中的人，却因同是汉族，成了瓜州太守的参谋。

赵行德始终认为沙州、瓜州处于劣势，与强大的西夏正面冲突于己不利，应该避免。沙州节度使曹氏家族目前实力有限，即使把手下军队全部集结在一起，在身经百战、凶悍无比的西夏军面前，也根本不堪一击，这结果显而易见。与其如此，不如顺服下来，允许西夏军进驻，这样一来，不仅曹氏家族，所有汉人都可以使苦心经营多年的一切免遭损失。从甘州和凉州的情形看，西夏军对待汉人不至于太严苛。

然而，朱王礼率领的西夏前军起兵叛乱，会使形势变得完全不同。因为同是汉族血统，李元昊会怀疑朱王礼的反叛部队与曹氏家族串通一气，联合防守瓜州和沙州。

赵行德向朱王礼讲明了利害关系，朱王礼从喉咙深处发出嘶哑的声音："糊涂！"他又重复了一遍这个词，"糊涂！李元昊会把曹家斩尽杀绝，全沙州的男人都会被抓去当兵，女人都要沦为奴婢。抓去当兵的汉人很快就会被逼上战场与宋军作战。现在和李德明的时代不一样了，无论沙州和瓜州是否反抗，结果都一样。李元昊的为人就是这样。为了汉人同胞，咱们也得把李元昊干掉！"

接着，赵行德听到朱王礼讲述起与吐蕃作战这一年间，他和部下亲眼看到的西夏军的暴行。西夏军在青唐残忍地杀戮了几千妇孺。西夏同时与宋和吐蕃为敌，不凶残根本无望取胜。这次叛乱就是要以其人之道还治其人之身。朱王礼说话的声音小得近乎自言自语，赵行德得把耳朵凑到他脸旁去听才能听清，但已经比刚开始时适应多了。

城内暮色开始降临，士兵们在战场上厮杀了十个月归来，杀气借着酒力迸发出来，混乱异常。城墙下的广场上，充斥着肆无忌惮的狂呼怒吼、喧嚷嘈杂。

"不要让士兵进宿舍，就在这里露营！"朱王礼命令道。看来他是有意让士兵们身上带着血腥气，保持紧张兴奋的战时状态。

"命令留守部队和曹延惠的士兵破晓时全副武装，紧急集合！准备好弓箭，到时万箭齐发，直击李元昊！"

朱王礼从椅子上站起身，穿过成群的士兵向宿舍走去。赵行德跟在他身后，一起去商议作战方案和兵力布置。

朱王礼回到府邸，娇娇从里面迎了出来。朱王礼温柔地看着她，说了句什么，娇娇看似没有听清。赵行德听到朱王礼叫了一声"娇娇"，然而从前那语调里所特有的柔情蜜意已经荡然无存。

出了朱王礼的府邸，赵行德赶往太守曹延惠府上，转达朱王礼的命令，让他采取适当的措施，天亮之前疏散城内所有百姓。赵行德只说城里可能成为战场，没做其他任何解释。本以为曹延惠听了会吓昏过去，不料他竟面不改色，只慢慢点头道："我也这么认为。这样可以避免西夏士兵和百姓之间起冲突，瓜州城和城里的寺院、经卷都可幸免于战火。"

曹延惠随即叫来下属，指示他们令所有百姓出城避难。

赵行德忙到半夜，仅从武器库里搬运武器，就需要指挥三十名士兵马不停蹄地来回奔跑。完成这项任务时已是深夜，城里仍然一片寂静。赵行德觉得很奇怪，瓜州城里本该上上下下一片混乱才对，不知为何如此安静。

赵行德再次来到曹延惠家，院里也悄然无声。走进房间时,只见几盏烛台灯火通明,曹延惠把身体深埋在屋子中央的太师椅上,一副失魂落魄的表情。屋里充满了烧焦的麻油味,有些刺鼻。赵行德问曹延惠,是否已经向百姓传达了疏散命令。

"都安排下去了。"曹延惠答道。

"可是城里很安静,根本不像要避难的样子。"听赵行德这样说,曹延惠侧耳听了一会儿,随后推开靠里的那扇门出去了,他要上瞭望台看看。很快,他回来对赵行德说:"确实如你所说,城里一片安静。怪事!"

赵行德又责备曹延惠没有做逃难的准备。曹延惠辩解道:"我一个人,随时都能跑。这一大宅子家当,要挑出哪个东西更珍贵,太难了。到天亮之前,时间实在是不够。"曹延惠说完,又把身体深埋进太师椅里了。

赵行德把曹延惠的下属一个个叫进来,询问他们是否把命令传达给了城里的百姓。看来指令确实层层下达了,只是还没有传到最底层的百姓。赵行德辞别了曹延惠,回去想到疏散百姓的事不能都靠曹延惠,于是马上派出属下,设法通知全城百姓出城避难。

然而,命令仍不能传达到所有百姓。而且,不是太守命人传达的命令,听者多是半信半疑。

天方破晓时,街头巷尾终于骚动起来。男男女女从各家各户跑出来,有的跌坐在地上举手望天,呼天抢地;有的大呼小叫，在街巷间窜来跑去，乱作一团。

赵行德召集回城部队在城西北角的另一个广场紧急集合，命令他们全副武装待命。此时，城里已经挤满了逃难的百姓，大街小巷到处堆着各种行李家当，简直像是个捅翻了的马蜂窝。

天亮时，守城部队和回城部队都已经按照作战部署就位。其中一部分兵力负责打开西城门，疏导百姓出城逃难。然而，直到中午，带着家财行李出城的百姓并不多，人潮、家当再加上一些马匹骆驼，依然在街头巷尾拥挤着，混乱不堪。

午时刚过，东城门的烽火台升起了狼烟，通知距城东只有十里的李元昊部队，迎接工作已经就绪。城内的两千名士兵也做好了战斗准备。迎接李元昊部队进城的朝京门两侧城墙下，埋伏着三百名弓箭手，每人带五十支箭，另有两万支备用。这是昨晚从曹延惠的武器库搬出来的。

狼烟点起时，赵行德还在曹延惠府中，催促曹延惠的家人仆婢共三十来人赶快出城。不知为何，此时的曹延惠与昨晚判若两人。他突然亢奋起来，并不收拾行李，而是跑前跑后，几次折回宅子内院，吩咐人做这做那。指挥一家老小集合起来绝非易事。赵行德本想让娇娇和曹延惠的家人一起走，但是这家人迟迟不动身，赵行德只好派士兵保护她单独行动。

赵行德决定不再催曹延惠避难，正要离开，抬头看到了迎接入城部队的狼烟。这是个冬日少见的无风天，狼烟滚滚直冲云霄。赵行德策马赶到朝京门，朱王礼正从城墙上下来，步履从容镇静，与平时没什么两样。赵行德迎过去，朱王礼毅然决然地说："即刻行动！"

"士兵们知道吗？"赵行德询问道。

"他们今天会比以往任何时候都勇猛。"朱王礼只简单答了一句，就嘱咐赵行德，不砍下李元昊的首级，绝不能死。随后他带领一百骑兵，出城迎接西夏大军去了。

赵行德则与两个弓箭队队长一起登上了城墙。两人一个高大壮硕，一个身材矮小，都是跟随朱王礼转战过吐蕃各地后幸存下来的勇士。

大平原上一片寂静。远方，西夏军的队伍在静静逼近。几十杆旌旗聚集一处，在阳光下熠熠生辉，赵行德从未见过这样的行军队伍。看来是西夏国王李元昊的卫兵仪仗队。

队伍在行进，但是步伐缓慢如牛，迟迟不到城前。而出城迎接的朱王礼的骑兵队，远远看去像是被大部队吸过去了一般，移动得同样缓慢。

赵行德和另外两位勇士在城墙上开始了漫长、无聊又令人不安的等待。三人都没有开口，有一种奇妙的心理支配着他们，仿佛一开口就会泄露重大机密。终于，在大平原的正中央，西夏的先锋部队与朱王礼的出迎部队相遇了，两支队伍混在一处，人马都停了下来。过了一会儿，各方重新列队进发，这次速度加快了很多。

队伍前锋是西夏的百余名骑兵，隔一小段距离是朱王礼的部队。再隔一小段距离是高举旌旗的队伍，后面跟着约三十名骑兵，看来李元昊在这支队伍中。再隔一小段距离，是步兵队、骑兵队和驼队，都各自组成一个小集团，星星点点地排开行进着。

赵行德先开口道："有五千人吗？"

"三千。"小个子队长纠正道。

队伍接近了，大个子队长朝小个子队长使了个眼色后，径自走下城墙，前往他的作战岗位。

赵行德没有什么战斗任务。他和曹延惠的部队都直接听从朱王礼调遣，只要他愿意，尽可以在城墙上观望这件大事如何发生和收场。

此时，西夏的先锋部队已经进了朝京门。从城墙上往下望去，部队的马匹都是黑毛的，整支队伍由于连续作战已经非常疲倦，气氛消沉而冷漠。一进城，队伍就由大个子队长引向城内腹地。隔了许久，朱王礼的部队进城了。不知是不是心理作用，赵行德觉得马蹄声格外高亢逼人。他屏住呼吸，盯着朱王礼的部队走近城门，再穿门而过。最后一名骑兵一进去，两扇沉重的城门随即关闭。

与此同时，赵行德身边的小个子队长发出了口令，声音震耳欲聋，赵行德难以相信这声音竟是从那矮小的身躯里发出的。呼喊声中，埋伏在城墙下的弓箭手一跃而起，登上城墙。

远方，是吞没了所有色彩和声音的大平原，还有缓缓移动的西夏军队；近处，仪仗队无声地向城门靠近，距离已不足十六七丈，几十面旌旗簇拥着统帅，把他遮得严严实实。然而，这图景瞬间生了变化。

城门前，仪仗队的马突然前蹄直竖跳起来，掀起滚滚尘沙。城墙上射出的无数支箭仿佛被磁铁吸引似的，全都集中向尘沙处飞去。

箭雨不断落进混乱的队伍，尘沙中人喊马嘶。然而，除去这一隅的惊变，大平原上仍是一片静寂。碧空如洗，点缀着几朵碎棉花似的白云，冬日的阳光静静地普照着大地。箭不停地射出，不知过了多久，城墙下突然响起了怒涛般的呐喊。赵行德立刻跑下城墙，自己都不知道何时跨上了战马，等回过神来，他已经在队伍中策马飞奔，前后左右都是挥刀疾驰的骑兵。跑着跑着，赵行德感受到胯下的马不时跳起、踉跄前倾又再次跃起。地上横七竖八地到处都是西夏兵马的尸体。

越过这片尸横遍野的平原费了相当长的时间，抬头望去，败走的西夏骑兵四散而逃，散落在远方的大平原上。

"李元昊在哪儿？抓住李元昊！"

耳边突然传来朱王礼嘶哑的声音。赵行德勒住马。骑兵队已经停止追击，返回到大平原一角，这里倒着几百名死伤的西夏士兵。

"李元昊在哪儿？抓住李元昊！"

朱王礼策马在地上的西夏士兵中绕来绕去，叫喊着。几十名士兵下了马，揪起地上的人，仔细看他们的脸，想找出李元昊。找了很久，还是不见李元昊的踪影。

得知死伤的人中并没有李元昊，朱王礼立刻带领部队回城。李元昊非常善战，定会不失时机地组织反攻。光是这一战，逃走的骑兵就有两千多人，此外还有几个大军团，保持一定距离跟在李元昊的部队后面，正向这里集结。

赵行德返回城里时，先进城的西夏先锋部队引起的骚乱已经平息，百余名西夏俘虏被解除武装，集中在城中一个角落里。

朱王礼命令士兵催赶乱作一团的逃难百姓尽快出城，部队也将随后撤离。然而，疏散百姓的工作还没什么进展，就被打断了。守望士兵报告说，城东和城南发现了几十支小股部队。

赵行德登上城墙观看，正如守望士兵报告的那样，远方平原上卷起的滚滚尘沙宣告着敌军部队的到来。朱王礼也登上城墙来看，却显得不大在意。

"他们到了一定距离就会停下，不再靠近，等到入夜才会攻上来。我们也将计就计，先按兵不动，入夜后再弃城而去。"朱王礼说道。当然，这时赵行德也要把耳朵凑到他嘴边才能听清。

"算他李元昊命大！哼，不干掉他，我绝不会死。你也必须好好活着！"朱王礼的眼睛炯炯有神，燃着凶光。

正如朱王礼所说，散布在平原上的小股部队，行进到能辨别出人马的距离，就不再近前了。

这一天短暂得近乎恐怖，转眼间黄昏已经逼近。白天暂停了疏散百姓的工作，是计划让他们趁着夜色出城。然而西夏军不等夜幕降临就发起了进攻。

敌军的箭从远处射进城内，虽无力量，却接连不断地落在城中各处，大多沿水平方向落在地面或房屋上，仿佛乘风而至，在百姓中引起一片混乱。女人孩子哭喊着，好不容易到了集合地点，又慌乱地四散逃开。

夜色渐浓，西城门开了，出逃的人潮涌出城外。几乎同时，城外开始射出火箭。守军不等入夜就要弃城，而敌军似乎也等不到入夜就发起了进攻。

火箭射出后，西夏军的攻势越来越猛烈，显然在向城墙步步紧逼。而西城门附近，争先恐后出逃的百姓拥作一团。城西侧没有敌军，百姓只能从西城门避难。

城内士兵不到两千，把守着其他三座城门，即使瞄准敌方火箭射出的地点射箭，也仅能稍稍延缓敌军冲上城墙的速度。

朱王礼在三座城门之间来回巡视、指挥战斗，赵行德在西城门专门负责疏散百姓逃难。赵行德感觉城里的黑暗仿佛被突然撕开一般，房屋全都浮现出来，大小街巷一览无余，街上挤作一团的百姓都被照得一清二楚。城里到处都是燃着火焰下落的箭矢，如同白天从城墙射向西夏仪仗队的箭雨一样。

"唉！瓜州烧起来了，房子烧了，城烧了。"赵行德不由得顺着声音转过脸去，原来是太守曹延惠，他望着上空，脸上松弛的皮肤被火光照得通红，像是烧伤一般。

"你怎么还在这里?！"赵行德不禁大吼。本以为曹延惠再怎么磨蹭，此时至少也该出城了，不料他却出现在人群中，身上没带任何行李，两手空空。不知道他之前到底做了什么。

"唉！寺院要烧了，佛经也要烧了。"

闻言，赵行德想起了曹延惠府中的译经堂。"译经堂的人怎么样了？"

曹延惠并不回答，只是反复叨念着："唉，城烧了，房子烧了。"

赵行德离开西城门，向曹延惠府邸跑去。他担心译经的六位汉人以及那些经卷的安全。小巷被火光照得通亮，城里已经有几处着了火，加上从空中飞落的火箭，地面上的沙粒都能看得一清二楚。拐几个弯进到巷子深处，周围一个人都看不到了。

正走着，对面断断续续冲出几十名骑兵，看来军队已经开始撤退，大家都向西城门方向疾驰而去。骑兵一名接一名擦身而过，火光将每个人的脸映得通红。

曹延惠府邸空无一人，赵行德穿过庭院直奔译经堂。院子被火光照亮，屋内却一片黑暗，不见一个人影。赵行德直奔收藏佛经和各人译稿的柜子。打开柜门，本该放在这里的二十几册书卷已经踪迹全无，看来是都转移出去了。现在看来，把汉译佛经转译成敌国的文字，是件奇怪的事，而赵行德如此看重这件事，更是说不通。不过，赵行德并未感到丝毫矛盾之处。他翻译佛经原本也不是为了西夏。曹延惠是为了敬奉佛陀，而他是为了甘州的回鹘郡主。

赵行德迅速出了译经堂。宅院已经烧起来了，四处火星飞溅。赵行德被迫几次绕行。来到街上，火舌仍是四处上窜，灼烤着天空。

跋涉到西城门时，最后一批撤退的百余骑兵正要离开。一名骑兵把马让给赵行德，赵行德上了马。一出城门，大家便三五成群地分开撤退。赵行德策马疾奔了五六分钟，平原仿佛被残阳照耀着，明亮如昼。

次日清晨，赵行德在一处干涸的河道边找到了朱王礼，他正在集结部队。周围没有一个逃难的百姓，据说都投奔瓜州城附近的几个村落去了。

朱王礼撤退的时候,将储存在瓜州城外的新粮全部烧掉了,所以他认为西夏大军不会立即追过来。

部队正在集结的时候,太守曹延惠带着十来个随从骑马来到。他说已把家人安置在瓜州城北的村子里暂避,自己赶来与朱王礼共进退。曹延惠性格中的这一点,正是赵行德所欣赏的。曹延惠脸上不动声色,精神却有些亢奋,一个劲儿地嚷着:"救救沙州!保护寺院!"

部队集结完毕后,才有了蓄势待发的样子,随即以强行军的速度向西方的沙州城进发。

第八章

部队几乎马不停蹄地行进着。从瓜州到沙州有三百里路，几乎全是沙漠，常速行军要走七天，朱王礼想要缩短半天到一天时间赶到沙州，好与节度使曹氏商议如何迎击西夏大军。瓜州已被烧毁，毫无疑问，沙州也难逃厄运。

第二天和第三天一直在沙漠中行军，碰到供旅人使用的水井和土屋，部队就稍作休整，随即出发奔向下一口水井。每口井里的水都有些发苦。虽然不停奔波，身体却完全暖和不起来。西风凛冽，像一把把利刃，发出凄厉的叫声，横扫过行军队伍。部队顶着呼啸的寒风挺进，周围是锯齿般连绵起伏的暗红色山峦、掩埋了大半座山的沙堆、如波浪般起伏的沙丘，以及城池的废墟。

第四天早上，前方出现了一片雪地，走近后发现是一个大盐池，里面的水结了冰，冻得非常结实。虽然有些冒险，但为了节省十多里的路程，当天夜里，部队由驼队为先导，横渡了冰封的盐湖。

第五天早上，队伍爬上一座略高的山丘。放眼望去，沙漠浩瀚无边，只能远远地看到西北方有一处树丛似的地方。曹延惠告诉赵行德，那就是沙州城，只有四十里的距离了，今天就能到。

部队原地休整，这是离开瓜州后第一次真正休息。大家依偎着骆驼和马取暖，不仅是士兵，连朱王礼、曹延惠和赵行德也都沉沉入睡。

赵行德突然从梦中惊醒，环顾四周，到处是靠着马和骆驼熟睡的士兵。人、马、骆驼都纹丝不动，仿佛没有气息的石头雕像，被放在这大漠一角，已历经了千百年。赵行德又累又困，脸一动不动地紧贴着马脖颈，只有眼睛大睁着。很快，他微微动了动，因为他看见一支由近百头骆驼组成的队伍像一串细长的锁链，正穿过沙漠向自己靠近。由于相隔很远，队伍显得非常渺小，但能看出是一支商队。赵行德不知那是哪里的商队，呆呆地望着。不知过了多久，长长的队伍完全被山坡遮住了。等它忽然出现时，居然已近在咫尺。

赵行德仍迷迷糊糊地看着越来越近的骆驼。突然，他看清了驼背上扬起的旗帜，不禁吃了一惊。旗帜在哪里见过，有些熟悉,上面大大地写有象征毗沙门天的梵字。

一定是尉迟光的商队!赵行德跳起来,迎了上去。商队已经停下,三名男子正走过来。赵行德放声大喊:"尉迟!"

三名男子中的一个立刻快步跑了起来,正是尉迟光。他高大的身躯挺得笔直,向赵行德打招呼:"哦!"随即问道,"你们被派到沙州驻扎了?"

赵行德没有回答,反问尉迟光要去哪里。

"我们?我们去瓜州。"尉迟光和以往一样傲气十足。

"瓜州城已经烧成灰了。"赵行德将兵变以来的经过简要地讲了一遍。

尉迟光凝神听完,叹息道:"这么说,没法往前走了。"他突然怒视赵行德,"都是你们干的好事!你们很快就会明白,再也没有比这更蠢的了!告诉你吧,伊斯兰教徒正在西域起兵叛乱,我老家于阗,代替我们尉迟家的李氏家族,已经被伊斯兰教徒给消灭了。过不了多久,伊斯兰教徒就会打到沙州来。不出一个月,沙州城就要被他们的象军踏平了!沙州那群蠢货还不信!看着吧,这一天不远了,所以我才带着全部家当撤出了沙州。"说到这里,尉迟光停下来,咽了口唾沫,"都是你们干的蠢事!这样一来,我们怎么办?西边有伊斯兰教徒打过来,东边是西夏军!让我们往哪儿跑?你们这些蠢货!"他狠狠地瞪着赵行德,好像赵行德是罪魁祸首似的。

赵行德第一次听到西域伊斯兰教徒的消息。尉迟光在西域各地走南闯北,对那里的情况很熟悉,他相信尉迟光不会无中生有。

尉迟光说完,像是刻不容缓似的,转身回自己的驼队去了。赵行德也赶紧去找朱王礼,告诉他这个新情况。士兵们有的已经醒了,有的仍在沉睡。朱王礼在离众人稍远处正与曹延惠说着些什么。

赵行德走过去,把尉迟光带来的消息说给两人。朱王礼听后,只用眼角扫了赵行德一眼,似乎觉得他在胡说八道,根本没有搭话。

曹延惠却瞬间变了脸色:"人要是倒霉,就是祸不单行。尉迟说的恐怕不假,东有西夏的苍马,西来伊斯兰教徒的巨象,不是没有可能。"他还算冷静地说完这番话,接着道,"大象军要打来了!我小时候就见过大象,由西域送往大宋,曾经路过沙州。那是山一样的庞然大物啊!想想吧,几十头甚至几百头巨象,载着恶鬼似的西域士兵,排山倒海地朝我们扑过来!"

曹延惠忽然抱头跌坐在地上,失魂落魄地仰起头,放声大叫起来:"我们该去哪儿啊!"他望向天空,好像只有那儿是他唯一的出路。

这时,朱王礼涨红了脸,用嘶哑的声音竭力喝道:"伊斯兰教徒又怎么样?大象算什么?他们来不来与我们何干!

我们的敌人是西夏,是李元昊!他们要把汉人赶尽杀绝,把沙州城烧成灰烬!"

随后,朱王礼命令部队立刻开拔。

赵行德随朱王礼走在队伍的最前面。部队走下山丘,进入沙漠,朝着远方地平线上隐约可见的绿洲行进。赵行德看到尉迟光的驼队走在前面,与部队相距两百米左右。朱王礼嫌尉迟光的商队碍事,就加快速度要超过去。说也奇怪,不论部队怎么加快脚步,始终无法缩短与商队的距离。远远看去,尉迟光那黄色的旗帜,始终与朱王礼的部队保持同样的距离,爬上沙丘又翻下去。

寒潮比前一天减弱了很多。不到中午,部队就越过沙漠,进入散布着小柳林的荒野,路好走多了,于是部队加快了速度。不久,眼前出现沙州城外广阔的农耕地。

尉迟光仍走在前面。从远处看,好像是他打着尉迟王朝的旗帜,带着两千多族人行进。几十条灌溉渠均匀规整地横亘在田里,队伍仿佛沿着棋盘的格子走,不时转弯,逶迤而行。

部队到了党河岸边。河岸上种着柳树,河水已经冻结成冰。过了河,沙州的城墙出现在眼前,比赵行德以往见过的任何一座塞外城墙都壮丽,竟有几分赵行德家乡宋土城邑的风范。

很快,部队进入南城门外的商业街。各种店铺鳞次栉比，粗糙的石板路上，汉人男女老少人来人往，熙熙攘攘。毫无疑问，一场大灾祸即将袭来，然而人们却毫无知觉，街市上一派祥和热闹的景象。人们给部队让路，围观疲惫的士兵进城，稀奇于这群陌生人长着和自己一样的面孔。赵行德恍惚之间仿佛到了宋土，满眼看到的都是似曾相识的景物。

进入城门内的广场，部队终于完成了艰辛而漫长的行军。曹延惠带着朱王礼和赵行德去拜访沙州节度使曹贤顺。曹府位于城中心，华丽异常。

曹贤顺五十岁左右，个子不高，目光炯炯，一看就是个意志坚定的武将。他端坐在椅子上，不动声色地听着弟弟曹延惠讲述，而后说道："我料到西夏早晚要来进犯，只是不曾想来得这么快。为了维护张议潮以来一代又一代沙州节度使的名誉，我们也必须迎战。可惜目前沙州的兵力不足以抵抗西夏大军。曹家恐怕是要亡在我这一代了，这也是被逼无奈。沙州曾被吐蕃侵占过，相传很长一段时间，汉人平时都穿吐蕃服饰，只在祭祀的日子穿上汉服仰天恸哭。想必历史要重演了。然而，任何一个民族都无法永远征服这片土地，如同吐蕃的统治已经结束，西夏的统治迟早也会终结。那时，我们的子孙定如原上青草，生生不息！因为长眠于此的汉人的灵魂，比任何民族都多。这里始终是汉土。"

曹贤顺说话时语气平缓，丝毫没有情绪波动，不愧是统管沙州多年的节度使，身上自有王者之威。大中祥符九年（公元1016年），朝廷册封曹贤顺继承其父曹宗寿任沙州节度使，二十年来他坐镇一方，自是气度不凡。

曹贤顺要款待三人，笑说享受最后一场酒宴，以后只有作战了。说罢，命侍从为三人摆酒设宴。

赵行德派人叫尉迟光到曹府，很快，尉迟光就来到酒宴上。赵行德让他把西域的情况告诉曹贤顺，曹贤顺听后丝毫没有惊讶之色，等尉迟光说完才道："伊斯兰教徒也许会打进来，但是这与你我无关，那时沙州已经亡在西夏人手里了。尉迟公子，不必担心。"

尉迟光一直目不转睛地盯着沙州节度使，这时问道："这么说来，伊斯兰教徒要和西夏打起来？"

"恐怕会如此。"

"哪一方能赢？"

"这个不好说。与沙州不同，伊斯兰教徒也好，西夏军也罢，都拥有强大的兵力。想必会像宋和契丹一样各有胜负，各有所失吧。"

野心勃勃的年轻人略加思索后说："我要活着等到那一天，等到好日子到来。我们尉迟王朝的旗帜，是能在战乱中生存的旗帜。"

的确，不管身处什么年代，这个胆大包天的年轻人都能想办法生存下来。他的商队会用大象代替骆驼，仍然高举那面毗沙门天的旗帜，在大沙漠里走南闯北，纵横驰骋。

酒宴过后，曹贤顺估计西夏军要过三四天才能打过来，便劝朱王礼趁机让部队好好休整，他则开始部署战斗，在城外挖好大量陷马坑。

三人辞别曹贤顺。一出曹府，朱王礼和赵行德就与尉迟光分手了。

回到部队，朱王礼对赵行德说："曹贤顺是否是位能征善战的统帅，我无从判断。咱们索性照他说的，带着弟兄们好好休养，睡上三天三夜！待西夏军的战鼓响了再来迎战。"赵行德以为他在开玩笑，却见他一脸严肃。

城里有十七座寺院，曹贤顺把其中五座分配给朱王礼的部队做宿营地。当天傍晚，赵行德就在分给自己的营房中睡了过去。

夜半，赵行德醒来，听到大鼓轰响，以为是西夏军到了，连忙跑到屋外去看。没有西夏军的影子，冬日清冷的月光下，一队队全副武装的士兵正从门前的道路经过。看来是曹贤顺的部队按照部署正在行动。

拂晓时分，赵行德又醒了。这次是被人群的嘈杂声吵醒的，远近各处人喊马嘶，非常混乱。他再次出去看，天已微微放亮，路上挤满了逃难的行人，全是老人、女人和孩子。看来，全城的人都被快速动员起来，在做该做的事了。

此后，赵行德除了吃饭以外只顾酣睡，每次醒来都能听到城里的骚乱越来越大，但这已不再妨碍他的睡眠。

直到进沙州城的第二天傍晚赵行德才感觉睡足，完全从疲劳中恢复过来。士兵也不约而同地纷纷起床来到广场集合，朱王礼也来了。两千名士兵中约有半数聚集在广场上，他们点起篝火，三五成群地围坐在一起。

"睡醒了？"朱王礼朝赵行德招呼道。

"睡够了，再睡也睡不着了。"赵行德说。

"让弟兄们再好好睡一晚，明天一早到这里集合。明天傍晚，至多后天清晨就要和西夏军开战了。"朱王礼说完，就回自己的住处去了。

赵行德向近处的一堆篝火走去，以为围坐的是本部士兵，走近却发现是尉迟光的手下，尉迟本人也在其中。看到赵行德，他立刻站起身，用下巴示意赵行德过来，然后先走到离篝火不远处停下，等赵行德过来。

"我昨天就到处找你。这场大战，你打算死还是活？"

"我不想这个问题，每次开战前都如此。谁知道命运如何呢？我不想送死，但也不强求活着回来。"赵行德答道。

这是他的真实想法。他不认为沙州城能抵挡得住西夏的进犯。这里能抵抗一天，至多两天，就相当不错了。沙州将和瓜州一样化为灰烬，多数士兵和百姓被夺去生命。即使幸存，境遇也会极其悲惨。

生还是死,他完全无从把握。赵行德脑海中突然浮现出一个身影,那是几年前开封集市上赤裸着身体、将要被卖掉的女子。想到女子对死亡满不在乎的态度,一种类似勇气的东西充满了他的全身。

"说得对,生死由命!不管怎么样吧,你那串项链交给我保存好了。你若是活着回来,以后有它什么都不用愁,带上战场,丢了就全完了。你看城里那些家伙,细软没地方藏,上上下下都像热锅上的蚂蚁似的乱窜呢。城里要烧成灰,城外又是沙漠。东边有西夏军队,西边是伊斯兰教徒。"

尉迟光面无表情地说着这些雪上加霜的话。黄昏的余光下,他无动于衷的样子显得非常残忍。看赵行德不答话,他继续说:"你没在城里四处转转吗?有趣得很。很多家伙不知如何是好,坐着发呆;想得开的,把全部家当用骆驼和马带出城了,到头来还是一场空。不用等伊斯兰教徒打过来,阿夏族和龙族人就埋伏在沙漠里等着呢,毕竟是千载难逢的好机会嘛。他们会抢走马匹和其他东西,把人扒光了扔下等死。"说到这里,他突然压低声音,"我就不怕这些,我知道一个藏宝的好地方。管他打来的是西夏军还是伊斯兰教徒,藏在那里都绝对安全。"

说完,他盯着赵行德,像是在等他答话。赵行德仍一言不发。他只得开口道:"我帮你把宝贝藏到安全的地方去,如何?我不是要抢你的项链,你活着回来我一定奉还。来,给我吧！"

赵行德无意交出项链。尉迟光看赵行德不为所动，就变了口气。"告诉你地点也行。你和我一起去，我藏宝你看着总行吧？你还不乐意？"

"藏宝？"赵行德问道。

"对，我要把宝物都藏起来，等战乱过去。我是好心好意帮你，让你把宝贝藏起来。"

"藏在哪里？"

"这可不能随便告诉你。要是你把项链一起藏进去另说，不然凭什么告诉你？那地方除了我谁也不知道，绝对安全。就算沙州都被兵马踏平了，也安全得很。藏个几年、几十年都能完好无损。绝对是藏宝的好地方。"大概是觉得话已至此，尉迟光索性和盘托出了，"昨天晚上我已经让手下挖好了藏宝洞。我和曹家人也说了，可以帮他们保管财物，但那帮家伙怀疑我，真是不识抬举。看着吧，他们最后肯定要再来求我。明天一大早我们就去了，他们会跟来的。你也好好想想吧，要是迟迟拿不定主意，到时可没处找后悔药！"说完，尉迟光大摇大摆地回手下那边去了。

不管遇到什么情况，宝物永远都能藏得好好的——尉迟光话语中的这一意思，在赵行德心里回荡。真有这样的地方吗？若真有，赵行德急于知道它在哪儿，他觉得有什么东西需要藏在那儿，但到底是什么东西，他甚至还不太清楚，就是感觉有什么东西该藏起来。

很快，赵行德又冷静下来。显然，尉迟光企图在战乱中趁火打劫。他或许真知道那样的地方，骗人把财宝藏过去，过后再通通据为己有。

这么多汉人大祸临头，尉迟光却一副事不关己的样子，好像即使别人都死光了，只有他还能活着似的。然而，他怎么可能独善其身呢？怎么知道他就不会被流箭射死，或是被抓住杀掉呢？他不过一厢情愿地自以为是罢了。想到这里，赵行德竟对这个充满自信的坏蛋生出了几分亲近，这是以往从未有过的。

赵行德走近篝火，学着刚才尉迟光示意他的样子，让对方过来。

尉迟光马上走了过去。"怎么样，想好了？还是交给我最保险吧？"

"项链可以交给你保管，但你得告诉我地点。"

"明天你跟我来就知道了。一早在这儿碰头。"

"我早上不行。告诉我地点，我随后到。"

尉迟光想了一会儿，说："行。我相信你，但你绝对不能泄露一点风声。要是有人知道了这个秘密，就是你干的。藏宝地点在鸣沙山千佛洞。我已经看好了石窟深处的两三个洞穴。"

说完，他直视着赵行德，仿佛在问：怎么样？

"那里西夏军是不会去动的，李元昊信佛嘛。他们不会烧也不会毁。现在那里有三百多座石窟，有的石窟里面还有挖了一半的洞穴，可以把东西藏进去再填好。就算伊斯兰教徒打过来毁坏千佛洞，也不会发现石窟里面的洞穴。那帮家伙不愿意靠近佛教的东西，不会住在洞穴里或者当马圈。就算他们真这么干，藏宝洞也是安全的。"

鸣沙山千佛洞，赵行德并非一无所知，在宋时就听说，离沙州城不远有个鸣沙山，山坡上挖了几百个洞穴，里面装饰着五彩绚丽的壁画，放着大大小小的佛像。这些石窟最早是谁开凿的，已无从知晓，人们认为是一代又一代佛教信徒，历经漫长的岁月一座一座开凿的。

赵行德没有去过千佛洞，只凭借书本知识想象过它的宏大规模。毫无疑问，那是塞外边土上独一无二的圣地。

赵行德还记起在瓜州初遇尉迟光的那个晚上，尉迟光说过他外祖母家曾在千佛洞里凿建洞龛。或许他因此才想到把千佛洞当作藏宝之地。

"千佛洞有多远？"赵行德问道。

"四十里。骑马用不了多久。"

"好，我明天日落前到。"

"别忘了带上那串项链。"尉迟光叮嘱道。

与尉迟光分手后，赵行德不想回住处，便趁着夜色在即将化为灰烬的沙州城里漫步。街上一片混乱，到处拥挤着逃难的人群，马和骆驼也夹杂其中。沙州与赵行德到过的任何一个河西地区的城市都不一样。这里道路宽阔，种着整齐的行道树，道路两侧古香古色的商铺鳞次栉比。此刻，每家商铺都人来人往，熙攘嘈杂。

离开商业区走进住宅区，赵行德看到很多筑起围墙的大宅院。与商业区一样，这里的人们也乱作一团。整座城到处人声鼎沸、喧闹不止，却全都笼罩在阴沉的暗影之下。嘈杂声不时忽而远退，死一般的寂寥铺天盖地笼罩了一切。一轮红月高悬空中，红得仿佛沸腾的热血。

赵行德来到寺院集中的街区。比起城东那些作为部队营地的寺院，这里的寺院规模都很大，每个宽敞的院子里都排列着几座相同的大精舍。这一带很安静，精舍里面或许同样在为逃难乱作一团，嘈杂声却并未蔓延到外面。

赵行德走过几座寺院，没注意寺名，挑了精舍最大的一座走了进去。进了院门，右边不远处是一座高大的佛塔。红色的月亮正挂于塔的肩头，在沙地上投下佛塔和几座精舍浓黑的影子。赵行德踏着这些黑影，向寺院深处走去。没走多远，他看到灯光从一幢房子里透出来，颇感意外。院子里一片寂静，他还以为僧人都出城避难了。

他朝着灯光走过去，正要登上低矮的台阶，才注意到这里是藏经库。门虚掩着，里面点着好几盏灯，比想象中明亮得多。

首先映入赵行德眼帘的是堆满地面的经卷、纸张和三位青年僧人,他们大约二十岁,两个站着,一个蹲着,正在聚精会神地忙碌,丝毫没有注意到有人在窥视。

赵行德看了一会儿,明白三人是在分拣经卷。他们每拿起一卷,有时要凝视半晌,有时瞥一眼就放下,去拿别的经卷。赵行德不禁看得入神,过一阵才开口道:"各位这是在做什么?"

三位年轻僧人仿佛吃了一惊,一齐看向赵行德,其中一人喊道:"什么人?"

"我不是坏人。各位到底在做什么呢?"赵行德跨进门里。

"我们在挑选经卷。"问话的僧人答道。

"挑出来做什么?"

"以防万一。万一寺里着火,我们就带挑出来的经卷走。"

"如果不着火,你们就一直待在这儿?"

"那当然。"

"你们不去避难吗?不是通知全城避难吗?"

"我们不能丢下这些经卷不管。无论别人怎么样,我们打算开战了也留在藏经库里。"

"别的僧人呢?"

"都逃难去了。不过,那与我们无关,我们是自愿的。"

"住持呢?"

"昨晚就赶去王府商议寺院的事了。"

"你们为什么不能撇下经卷去避难？"赵行德问道。

青年僧人的脸上明显露出轻蔑的神色。三人中最年轻的僧人一直没有说话，这时开口道："我们读过的经卷有限，没读过的却太多了，连翻都没翻过的更是数不胜数。我们想读这些经卷。"

这番话仿佛是一团火，使赵行德的血忽地沸腾起来，几乎浑身发麻。曾几何时，他不知多少次说出过同样的话！

赵行德立刻离开了精舍。对，去找曹延惠！想必曹延惠还在曹贤顺府中。赵行德走了很长一段路才到王府。街巷里仍然一片嘈杂。一路上，逃难的百姓一群接一群迎面而来，赵行德每每不得不躲到一旁让路。

到了王府，赵行德请门卫通报，求见曹延惠。不久后，他被人带领着第二次走进宽阔的宅院，拐了好几个弯来到里院。

宽敞的房间中央，曹延惠把身体深埋在椅子里，像在瓜州自己家中时一样。比起如今已经化为灰烬的家，这个房间要豪华得多。装饰房间的各种生活用品、地上铺的绒毯，都非常气派。几盏华丽的烛灯照亮了整个房间。

曹延惠抬起脸，用无精打采的眼神投向赵行德，似是在无声地询问：出什么事了？赵行德问他统帅曹贤顺的情况如何。他一脸无奈地说："还能如何？他一门心思准备作战,别的事情一概不问,不可救药。"

"寺院怎么办?"赵行德问。

"等着被烧毁。"

"僧人呢?"

"几乎都出城去了。"

"经卷怎么办?"

"还不是烧成灰?"

"你不管?"

"我有什么办法?兄长根本不在乎这些事。"

"你为什么不亲自下令呢?"

"下令又能如何?结果还不是一样?现在全城十七座寺院的住持正在里间开会,他们从昨夜就聚集起来商议,议论来议论去,什么主意也拿不出来。"

曹延惠站起身,在屋内来回踱步。过了一会儿,他仿佛自言自语似的低声说道:"他们再商量也不可能有什么结果,这是必然的。十七座寺院,里面收藏的经卷太多了。单从库里搬出来就要花几天时间,打成包裹装上骆驼又要几天时间。就算装好了,千百头骆驼驮着经卷,能去哪里?东、西、南、北哪边能去?去哪里能保住经卷?"曹延惠说完,回到座位上,"瓜州烧了,沙州也要毁于战火。城烧了,寺院烧了,经卷也要葬于火海!"

赵行德一直站在房间的角落里。正如曹延惠所说,沙州城里收藏的经卷数量惊人。在这生死存亡的危急时刻，再着急，又能拿这么多经卷怎么办呢？

　　这次换成赵行德在房间里打转了。赵行德眼前浮现出藏经库里三位青年僧人埋头苦干的样子，心中痛苦不堪。

第九章

从曹府回到住处，三位年轻僧人分拣经卷的样子仍在赵行德眼前挥之不去。诚如曹延惠所说，沙州城很快就会付之一炬。寺院、财宝、经卷，一切都将卷入火海。瓜州的悲惨命运会在沙州重演。事态如此严峻，已然让人无可奈何。

赵行德睡意全无。他仰卧在床上，闭上眼睛等着天亮去部队集合。他想，这恐怕是今生最后一次安然躺下休息了。夜很安静，比他以往任何一个夜晚都安静。他感到一种渗透骨髓的静寂正漫涌过来。

不知怎的，大宋都城开封繁华的街道浮现在赵行德的脑海中。京城的大街上车水马龙，红男绿女穿梭往来，清风拂过路旁的榆树，从不混杂一粒黄沙。店铺林立路旁，各色美物任人挑选赏玩。大小酒楼鳞次栉比，人们呼朋唤友，把酒言欢。东角楼附近的街市人头攒动，买华裳、淘珠玉、集书画，饿了品一碗香气四溢的羊头肉，还有五十几家戏棚齐演好戏的戏剧街，以及御街、潘楼街、酸枣门。

"啊！"赵行德不由自主地感叹了一声，不是因为思念故土或是要重返开封，而是想到开封在千里之遥，竟突然有种眩晕的感觉。他居然在如此辽远的地方！这一切究竟是怎么发生的？

于是，赵行德开始追忆往昔，回想他是怎样一步步来到这里的。不是头脑发昏时的冲动之举，也没有什么外力强加于他。走到今天，完全是行云流水，命运使然。他从开封到边疆，随西夏军转战各地，随后变成了叛军的一员，如今又和沙州城的汉人齐心合力与西夏军殊死一搏。假如人生可以重新来过，环境条件依旧，他想必还会走相同的路。想到这里，赵行德觉得和沙州城同归于尽，自己也心甘情愿。的确没什么可后悔的，从开封到沙州的千里之行，他像一条顺势而流的小河，积年累月，奔腾而下，直抵此刻正躺着的这张床。他从没想过回开封，若是想回去而不能，也许会有所不甘，但他是循着渴望行至边疆，又水到渠成般留下来的。

赵行德正在凝神思索，忽然听到有人敲门。他斩断思绪，坐起身来。一名士兵进来，告诉他朱王礼传唤，说完就转身离去。

赵行德赶到约两百米外的朱王礼的营房。朱王礼穿着全副戎装,从屋子里迎到中庭,一见赵行德便说:"曹贤顺率部在前线,捎信说西夏的先头部队已经逼近。我马上要率城里的部队出动。从兵力上说,我和曹贤顺的兵马合起来也非常有限,无法与西夏大军抗衡,但是胜败却不一定,因为这次我是破釜沉舟,直攻李元昊主力,说什么也要砍下他的首级。李元昊一死,西夏军群龙无首,必定一溃千里。"说到这里,朱王礼盯着赵行德的眼睛郑重地说,"你得为我建墓碑,立个让人仰慕的大石碑。这是多年前咱们约好的,我还没忘。立碑的荣誉归你,所以你必须活着!"

"那我不能上战场了?"赵行德问道。

"你这种人,上了战场也没多大用处。我给你三百兵马,你留在城里等着捷报传来。"

"我想上战场,不想留守城里。我要看你怎么殊死一搏。"赵行德说道。他确实想去见证朱王礼在战场上的绝世拼杀。"我随你出征那么多次,什么时候退缩过?"

"糊涂!"朱王用仍旧沙哑的声音叱骂道,"这次战斗与以往大不相同。你不怕死,这我比谁都清楚。你这人比我还不把死当一回事。有好几次,连我都服你,但是这次绝不能让你出征。你就留在城里,这是我朱王礼的命令!"

说着,朱王礼走出院子,赵行德也跟上去,但不再提留守还是出征的事了。他深知朱王礼向来说一不二，话说出去就绝对不会改变。不管情愿与否，赵行德只能在城中留守了。

看来集合令已发，一路上有很多士兵在急匆匆赶路，而且越接近广场，士兵越多。

部队集合后很快就出发了。朱王礼率一千多人从东门出城，赵行德则率三百名留守士兵到城门壮行。赵行德察觉到出征队伍士气不高，与往日作为西夏前军的朱王礼部队简直不可同日而语。他们半数以上是曹延惠手下的瓜州兵，缺乏严格的训练，毫无实战经验。在瓜州城从西夏军的火箭攻势下死里逃生，是他们唯一一次作战经历。朱王礼把跟随自己多年的老兵编成骑兵队，把瓜州兵编成步兵队。天气寒冷，士兵和马呼出的气息都是白色的。部队一出城门，就立刻被城外拂晓的黑暗吞没了。

送走朱王礼的部队，赵行德将属下三百名士兵集结到东城门，在这里设立大本营，并分派士兵把守六座城门。

随后，赵行德直奔曹府，去通知曹延惠事态非常紧急。一路上，他看到百姓已经疏散完毕，所有民宅都空了，四周看不到一个人影。赶到曹府时，东方的天空开始泛白，破晓的微光洒在曹府宽阔的宅院中，尤显冷寂，仿佛一夜之间，园子就破败了。

曹延惠仍与昨天一样，身体蜷缩在太师椅里，看不出他是睡是醒，位置和姿势无一变化，让人感觉他彻夜都没有离开过椅子。

赵行德告诉曹延惠，西夏军已接近，朱王礼的部队已经出城迎战，曹府一家老小必须出城避难了。曹延惠同往常一样，一听说已到了危难关头，立刻从椅子上弹起来。

"那可不是容易的事。"他沉重地喃喃自语，随后失了魂似的问赵行德，自己的瓜州兵去了哪里，城里的居民又该怎么办。

"所有士兵都出动了，百姓也都出城避难，城里几乎空了。现在除了我和三百名留守士兵，就只有你和曹家的家眷了。"

赵行德问曹延惠目前曹家的人数，他回答说刚刚在府里转了一圈，发现仆人少了很多。十七座寺院的住持还在里间没完没了地开会。所以，府里应该只剩家眷和这些僧人了。

"你打算怎么办？"

"我能怎么办？难道我还能有什么办法？"曹延惠的口气中带着责备，"瓜州危急的时候，还有沙州可以避难，现在是再也无处可逃了。东边是西夏军，西边是伊斯兰教徒。我除了坐在这儿，还能有什么办法？"

曹延惠说的倒也是实情。他已经在这里枯坐两三天了，好像天下之大，唯有这把太师椅是他最后的归宿。

赵行德走出曹延惠的房间，来到内院，发现除曹延惠的房间外，其他各间已经混乱不堪。原来曹家的家眷在带人收拾细软家当，捆扎行李。赵行德得知，他们打算傍晚出发去西北方的高昌国。

赵行德回到曹延惠的房间，曹延惠对他说："你全看到了吧？我的族人在那里拼死拼活，一心想保住性命和财产，可是他们忙了半天都是徒劳。能逃到哪儿去呢？就算逃出去，能保住谁的命、谁的财产呢？曹家要灭亡，经卷要烧毁，城池也要化成灰了！快了，烧毁瓜州的大火又来焚毁沙州了。那滚滚烈焰、那漫天大火又要来了！"

曹延惠声音颤抖，像个先知在宣告厄运。逃离瓜州时看到的冲天大火，鲜明地浮现在赵行德眼前。同样的大火今夜又将席卷沙州，毁灭曹氏，烧毁经卷，将整座城市化为灰烬。不能再心存侥幸，寄望于朱王礼杀死李元昊。城池烧毁，财宝尽失，曹氏族灭，这是无可奈何的事。然而，赵行德想，也许他能将经卷从厄运中拯救出来。是的，其他什么也救不了，但或许能救出经卷。

财产、性命、权力，都属于它的拥有者。经卷却不同，它不属于任何人。只要不烧毁，只要存在就够了。没有谁能夺走它、占有它。它不被烧毁而存在世上，这本身就有价值和意义。

突然间，赵行德的思绪被"永恒"两个字紧紧抓住了。

一种深沉的感动在他心中激荡，他下定决心要把经卷从战火中抢救出来。对！能抢救多少是多少，决不让经卷毁于战火。为了那三位年轻僧人，他也必须这样做。

赵行德表情沉重，站在那里一动不动。忽然，尉迟光提到的千佛洞的秘密洞穴，以崭新的意义重现在他的记忆中。赵行德转身冲出曹延惠的房间，越过曹府大院，直奔朱王礼早上集结部队的广场。他斜穿过广场，看到尉迟光和他的手下还像昨晚一样聚集在那里。赵行德径直朝坐在篝火旁的尉迟光走去。

尉迟光一脸不快，见面就气冲冲地发起了牢骚。"那么多人闹哄哄的，老早就把我吵醒了。城里这点兵力，再怎么手忙脚乱瞎折腾，也不可能有胜算。这城马上就完蛋了。"他说完才问，"曹府那些人在干什么？"

"忙着打包行李。"

"打包行李？"尉迟光眼睛一亮。

"是在打包行李，但不是要交给你保管。他们今天傍晚出发去高昌。"

"什么？！"尉迟光突然站起身，气得手臂乱挥一通，"他们信不过我尉迟光？这帮混蛋！好吧，既然和我来这手，那就走着瞧！反正出了城就是沙漠。"

看这阵势，不等阿夏族和龙族来袭，他自己就要摇身一变，改做沙漠强盗了。

"先不要乱嚷,听我说完。就算你在沙漠里抢了曹家的财物,到头来还不是要落到西夏人手里?西夏军已经远远把城四面包围了。东边不用说,他们在北边、西边、南边都布下了阵营。怎么样,不如我来想办法让曹家把贵重东西委托你保管吧?"

"你真能有办法?"尉迟光的表情严肃起来。

"做不到的事我不会说。今天傍晚,我就让他们把东西搬到这里来。"

"傍晚?不能再早点?"

"不行,最早也得傍晚。"赵行德坚决地说。他脑海里浮现出昨夜看到的大云寺藏经库和堆放在其中的大量经卷。除大云寺外,其他寺院的经卷,自然也要尽量都搬出来。

"骆驼越多越好。大约要一百头。"

"现在有八十头,我再想想办法,争取凑够一百头。"尉迟光还表示会先派人到千佛洞,再多找几处秘密洞穴。

告别尉迟光,赵行德回到部队大本营,带领几名士兵直奔大云寺。和昨夜一样,三位僧人仍在藏经库里挑选经卷。看到赵行德带着士兵进门,他们本能地做出戒备的架势,大概是以为西夏军已经冲进城了。熬夜使他们眼窝深陷,目光却异常冷静。赵行德说明来意,表示要帮助他们把经卷藏到千佛洞石窟的秘密洞穴中,以免于战火和掠夺。

三位僧人目不转睛地看着赵行德,过了一会儿,仿佛看出赵行德不是骗子,三人互相对视后一起坐了下来。显然,赵行德的建议是他们求之不得的。

赵行德要求他们将藏经库中的经卷全部打包装箱,以便装上骆驼,并于傍晚前搬到指定装运地点,又指示负责搬运的人绝不可泄露箱中装了什么。于是,三位僧人在几名士兵的帮助下,立刻着手把经卷从古老的藏经库运往洒满冬日阳光的广场。

赵行德看他们开始工作,便独自离开大云寺,再次来到曹府。曹延惠还是老样子,埋身在太师椅里坐以待毙。赵行德请他安排人带自己去寺院住持们几天来一直在开会的地方。

来到房间门口,赵行德吩咐仆人先回去,自己打开了房门。刹那间映入他眼帘的,竟是异样的场景。几位高僧躺倒在地板上,姿态各异,似乎已经气绝身亡。细看才发现,他们只是在沉睡。

赵行德叫醒离门口最近的一位,向他说明保护经卷的办法,并征求他的意见。这位年近七旬的高僧说:"你也看到了,大家还睡着呢。我们计划傍晚再继续商议。到时我会把你的意见提出来,再征求大家的意见。不过,十七座寺院的住持,现在只剩下五位了。我们的意见只能代表五座寺院,不能代表沙州城所有寺院,这一点还请你理解。"此外他还告诉赵行德,留在这里的是开元、乾元、龙兴、净土、报恩五座寺院的住持，此外全城五百多位僧人、尼姑和小沙弥都出城避难了。

赵行德听完，为打扰老人休息而致歉，然后立刻告辞离去。看来，要敲开大云寺以外其他寺院藏经库的大门，恐怕都需要几天时间。

此后直到黄昏降临，赵行德都留在部队大本营附近，在一幢无人的民宅中抄写《般若心经》，以此祭奠回鹘郡主的在天之灵。他打算将写下的经文与大云寺的经卷一起藏进千佛洞。考虑到时间所剩无几，赵行德特地选择了《般若心经》，为了纪念那段青春时光，他把经文翻译成西夏文后抄写下来。

太阳快落山时，赵行德一度停下手，因为清早出征的朱王礼派人送来了消息。信中说，目前敌我相隔五十里对峙，双方都按兵不动。据此看来，开战要在明天拂晓以后。因此朱王礼命令赵行德，速将城内百姓全部撤出，随时准备纵火烧城。赵行德明白，朱王礼的意思是在战势对我方不利时就放火烧城，让敌人无处安身，只能露营在旷野的严寒中。

赵行德送走朱王礼的信使，重新提起笔，专心致志地抄写经文。整座城已经空了，随时可能毁于战火，现在是最令人焦躁不安的危急时刻。然而对赵行德来说，这却是一段宁静的时光。从窗子向外望去，远处有一群飞鸟正掠过天空的一角，由北向南飞去。

赵行德誊译完毕，在后面写了一段文字，作为结尾。

> 维时景祐二年乙亥十二月十三日，大宋国潭州府举人赵行德，流历河西，适寓沙州。今缘外贼掩袭，国土扰乱，大云寺比丘等搬移圣经于莫高窟，而罩藏壁中。于是发心，敬写《般若波罗蜜多心经》一卷，安置洞内已。
>
> 伏愿龙天八部长为护助，城隍安泰，百姓康宁，次愿甘州小娘子，承此善因，不溺幽冥，现世业障，并皆消灭，获福无量，永充供养。

写到"甘州小娘子"几个字，赵行德停了下来。一瞬间，从甘州城墙上纵身赴死的回鹘郡主的面容，又鲜明地浮现在他眼前。郡主的脸庞比生前白皙许多，褐色的秀发泛着光泽，身形有些瘦削。岁月的流逝，已经改变了赵行德心中回鹘郡主的模样。

第十章

太阳已经完全没入沙漠的尽头,天边有一团牦牛头形状的云彩,被余晖映得通红。不一会儿,牦牛头逐渐变了形,颜色也从炫目的金红色变为橙色,再转为深红,色调越来越淡,终于只剩了一抹紫。暮色降临,便将这抹紫完全消融了。此时,赵行德骑着骆驼出了大本营,赶往早上与尉迟光约好的地点。他穿过宽阔的广场,在黄昏的微光中,影影绰绰地看到前方有人和动物。走近一看,人们正忙着往骆驼身上装行李,不时传出尉迟光高声叱骂的声音。

赵行德马上朝尉迟光走去。行李很重,有人搬运时跟跄几步,尉迟光就厉声训斥。看到赵行德,他没头没脑地说了一句:"今晚有月亮啊。"

赵行德不明白他的用意,没有答话。

尉迟光又说:"行李太多,恐怕一次搬不完。没有月亮,路上就麻烦了。这下好了。"

赵行德这才抬起头。果然,一轮淡淡的圆月浮在中天,尽管月光还并不皎洁。怪不得尉迟光嘴上呵斥着,神色却是兴头十足。

"行李只有这些吗?"赵行德看着堆积如山的各式行李堆被驼夫们渐渐搬得差不多了,开口道。

"我正要问你呢!行李就这些了吗?"尉迟光反问,"要是还有,只管搬过来。我尉迟光答应的,多少行李都保你安全,不过是多挖几个洞穴的事。费点劲搬过去就行。"

"东西还有,不过还需要点时间。"赵行德说。

"那其余的以后再说,这些先搬一趟吧。"尉迟光说完,像突然想起什么似的问道,"箱子里到底装的什么呀?"

"我不知道,我没在现场看着他们装。都是金银财宝,这一点不会错。"

"也有玉石吧?"

"那是当然。我虽没亲眼看到,但肯定会有。天下各色美玉,瑟瑟、琥珀、琉璃、琅玕,还不是应有尽有?不过,说好了不能打开的,你不能下手啊。"

"好吧。"尉迟光不甘地答道。

这时又有两匹马拉着行李赶到,后面跟着大云寺的三位年轻僧人。赵行德走到三人身边问:"都搬来了?"

"差不多。"三人中最年长的僧人回答。他说开始还只装挑拣好的佛经,后来时间不够,索性碰到什么是什么了。

赵行德再次嘱咐三人,无论遇到何种情况,都不能透露行李里装了什么东西,又邀请他们同自己一起去藏佛经。三位僧人原本就想这样做,纷纷表示佛经到哪里,他们就跟到哪里。

赵行德回到尉迟光身边,告诉他三位僧人要同行。

"不行!你一个就算了,其他人去了都是麻烦。"尉迟光先是不答应,想了想又改口道,"好吧,带他们去吧。我们得马上回来搬下一批货,他们可以留下看行李。"

尉迟光希望插手这件事的人越少越好,但是又急缺人手。虽然他不说,赵行德却看得出。尉迟光的手下明显比昨天少了很多。他之前还夸口,说准备一百头骆驼,如今只有一半。原有的五十名驼夫,现在也只剩一半了,想必另一半人都逃走了。

货物差不多装载完毕,临近出发时,赵行德回到大本营,将指挥权托付给朱王礼特地留下协助他的兔唇队长。赵行德不在时,什么情况都可能发生。这位兔唇勇士指挥作战,显然要比赵行德更胜一筹。

赵行德回到广场,驼队正准备和朱王礼的部队一样,从东城门出发。大部分行李都装上了骆驼,只剩下几个箱子。

尉迟光的骆驼排在驼队第五、第六的位置,赵行德紧随其后,三位年轻僧人奉命走在队伍最后。在赵行德眼中,尉迟光比以往任何时候都更有统帅风范。曹家几代人拥有河西地区归义军节度使的至高权势,他们积累下来的财宝正统统担在他的六十头骆驼上——至少尉迟光这样确信,这使他脸上生出一股傲然之气,甚至带有一丝悲壮。赵行德想,此刻的尉迟光,才真正像尉迟王族的后裔。

出了城门,月光突然明亮了许多,夜晚的寒气冰冷刺骨。驼队趁着月色向东行进,在耕地中走了十里左右,来到党河岸边。河面结了冰,河里干枯的芦苇像一把剑直插在河面上。过了党河,沿着河朝东走一阵后,道路自然向南弯曲。至此,耕地到了尽头,驼队进入沙漠地带。

一进沙漠,队伍投在地上的影子一下子变得更暗。尉迟光和赵行德两人一直没有说话。赵行德回身望去,只见骆驼载着沉重的大小行李,排成一队,在皎洁的月光下默默行进。想到驼背上的经卷,驼队在他眼里也变得非同一般。六十头庞然大物背负着沉重的经卷,在皎皎月光下昂首而行,这情形使赵行德心中生出一种莫名的感动,仿佛自己这么多年在沙漠中辗转流离,就是为了这个夜晚。

驼队来到党河支流的岸边,这条河也封冻了。他们没有过河,而是沿着岸边朝上游走去。这条路一直通到千佛洞。

他们沿着支流走了二十里,沿岸的寒风变得异常凛冽,尘沙不时从骆驼蹄边扬起。在黑夜中看不见,但明显感到有沙粒打在脸上。狂风刮过时，骆驼会横过身体避风。因为步履艰难，队伍行进得很慢。

一行人走到一片宽阔的河滩，河水结了冰，沙石滩面也冻住了。走过河滩不久，驼队终于来到了千佛洞所在的鸣沙山脚下。这时，赵行德浑身冰冷，几乎失去了知觉。

"到啦！"

尉迟光在前方停下骆驼，纵身跳了下来。被兽皮裹得鼓鼓囊囊的身体一落地，他立刻把手放到嘴边发出信号。驼夫们纷纷跳下骆驼。

赵行德也下来站在那里，打量起眼前的山坡。山坡高耸，向南北无限延伸。山坡的整个断面从北到南、自下而上分层排列着无数大小不一的四方形洞穴，有的洞穴互相重叠在一起，有的则占了两层高。山坡在月光的照耀下呈深绿色，而那些洞穴好像一只只漆黑的眼睛。

驼夫们来不及休息就开始卸货，尉迟光向赵行德说了声"跟我来"，便一个人先朝山上走去。千佛洞就在山坡上，不需要走多远，只要能爬上三米多高的沙地即可。由于沙土不断塌陷，两人步履艰难。他们终于爬上去，来到一座石窟前。

"这座石窟里有个特别大的洞穴，进去右手边就是。如果这里装不下，旁边的石窟里还有三四个洞穴。"尉迟光接着向前走了几步，很快停下来说，"别的石窟现在还用不着。

我得赶紧回去,给你留下十来人,你让那三个和尚也帮帮忙,把东西搬上来。"

尉迟光说完就下山去了。赵行德来不及察看藏宝洞,也跟着他回到驼队所在的地方。驼夫们已经利落地卸下全部货物,堆在一处。

尉迟光叫出十名驼夫,让他们听赵行德指挥,随后率先跨上骆驼,命令其他驼夫整队出发。赵行德看他要带走所有骆驼,便要求留下四五头。尉迟光坚决不肯,交涉半天才勉强留下一头。于是,尉迟光留下赵行德、三名僧人、十名驼夫以及堆成小山的行李,带着驼队离开千佛洞,去搬运第二批货物。

尉迟光的队伍绕过山坡脚下,消失在夜色中。驼夫们燃起篝火取暖,赵行德和三名僧人上山察看藏宝洞。赵行德注意到,藏宝的石窟位于整个山坡偏北的地方,在三层石窟的最下层,是众多石窟中规模最大的一个。

石窟里面有些昏暗,四人先在洞口站了一会儿,眼睛习惯黑暗后才模模糊糊地看到里面的情形。不知是洞口堆积了沙子还是故意挖的,洞里的地面比四人所站的地方低一些,需要向下迈一步才能进洞。

赵行德带头踏进洞口。里面是宽约两米的一大块空地,迎面是通向内部的甬道。赵行德看见甬道左侧的墙壁上画着几尊佛像。月光从入口一直洒到墙角,使壁画整体泛着青色，但若在白天见到，即便褪了色，也依稀能辨出这些壁画的缤纷色彩。月光照不到对面的墙壁，无法看清，估计上面也描绘着相似的图画。赵行德还想往里走，但前面伸手不见五指，他便停下了脚步。这里是甬道，想必里面还有更大的洞穴。

这时，同样在观察甬道的僧人开口道："这里有个洞穴。"

在甬道北侧的墙壁上，确实有个宽约两尺、高约五尺的洞口，刚好够一个人通过，但里面太黑，什么都看不清。

赵行德原打算将骆驼好不容易运过来的东西逐批搬进藏宝洞，但现在看来恐怕不行。虽说进入洞穴察看一次或许就能办到，但这对初次来到这里的四人而言，的确难以完成。

"这可就没办法了。"赵行德说。

"我进去看看。"最年轻的僧人说着，弯下腰把半个身子探进洞穴看了看，随后整个人渐渐隐入黑暗中。有好一阵，静寂笼罩着四周。

不久，僧人终于从洞中出来了。"里面一点都不潮，经卷直接放进去没问题。也很宽敞，但看不清整体。"

"我去问问有没有驼夫带着灯火。"一名僧人说着转身出了洞穴。不一会儿，他带着两名驼夫回来了。其中一名驼夫手里拿着油灯，那灯是将羊油装在小壶里点上火制成的。两名僧人跟随驼夫进入了洞穴。

洞穴大约十尺见方，四面筑成了墙壁，只有北面的墙上有壁画，可见是个未完工的洞穴。在灯火下可以看到，墙上画的是一名僧人和他的侍女在树下相向而立。树上垂下几根树枝，上面挂着水瓶和包袱，看样子是这两人的。僧人手持一把大团扇，侍女则拄着一根大拐杖。

果然是绝好的藏宝洞，赵行德心想，经卷可以尽数放进去，且入口狭小，很容易就能封上。

赵行德走出洞穴，立刻召集驼夫动手。三名驼夫负责撬开箱子取出经卷，另外七人将其搬到洞口，三名僧人则在洞穴里负责摆放。因为洞口小，箱子搬不进去，加上得两个人才能抬得动，赵行德决定舍弃箱子，只搬经卷。目前最重要的是尽快把经卷藏进洞中。

驼夫拆箱子的方法很粗暴，不是两个人抬起箱子往地上摔，就是用粗棍子或大石头猛砸，箱子很快就被拆毁了。可能是为防止破损，里面的经卷是分捆而束，再用布包好的。

七名驼夫将经卷从拆箱子的地方一趟趟搬运到洞口。赵行德也加入其中。

一捆捆经卷有大有小、有轻有重，赵行德和负责搬运的驼夫接到递过来的经卷后，用双手抱着走过沙地，登上沙子不断塌陷的上坡，进入石窟，递到洞里僧人们的手上，然后再原路返回。中途与其他人擦身而过，却彼此约好似的谁也不开口，只是默默劳作，仿佛在完成上天所赋予的使命。

不管是空着手还是抱着经卷,赵行德走路时总是望向沙地上与自己同行的黑色影子。大家的步子都很慢,睡魔侵扰着每一个人,但他们仍机械地往复不停,给人一种异常踏实的感觉。大致推算,经卷加上残卷至少有几万卷。

赵行德希望赶在尉迟光回来之前完工。万一尉迟光中途归来,看到大家搬的是经卷,不知要气成什么样子。赵行德现在管不了太多,只能到时再说。

箱子堆成的山越来越小,而拆下来的木箱碎片越堆越多。不知不觉间,洞穴中已经堆满了经卷。两名僧人依次撤出来,只留下最年长的一名在里面收尾。当他放好最后一捆经卷出来时,浑身都被汗水湿透了。

"把洞口封死就行了。"赵行德说道。

三名僧人表示他们愿意做这项工作。

赵行德从腰袋中拿出一卷《般若心经》的手抄纸卷,摸索着把它放到了洞中的经卷上面。洞穴里塞得满满的,只有洞口附近这一点空间。他的手离开纸卷时,仿佛是把它抛进了大海,这令他有些忐忑不安。同时,他又有一丝心安,仿佛终于为自己日夜相伴的东西找到了一个更为稳妥的安身之地。

一名僧人不知从哪里找来几根木桩,挡在洞口。赵行德想象不出如何完成封死洞口的任务,索性把这项工作交给三名僧人，自己先回城里。他出了石窟，下到堆放空木箱的广场。驼夫们用拆毁的箱子燃起篝火，围坐在一起睡着了。赵行德犹豫是否带他们一起回城，想到尉迟光的手下随时会变成心狠手辣、杀人不眨眼的暴徒，三名僧人和他们留在一起，未免太危险。

赵行德叫醒驼夫，下令立即出发回城。赵行德骑着唯一的骆驼，其他人步行。驼夫纷纷抱怨不愿意回城，但还是从命了。他们都明白这趟差事报酬很高，而且回城里还有甜头可以占。

回到沙州城，太阳已经很高了。东城门旁的大本营里，除了卫兵，兔唇队长和其他士兵都酣睡。赵行德两夜未合眼，已经非常困倦，还是打起精神到广场去找尉迟光。不料，尉迟光不在广场，他的手下也一个人影都不见。

赵行德让一起回来的驼夫去民宅休息，自己骑着骆驼直奔曹府。曹府门口连卫兵都没有了，院里挤着很多骆驼，却仍看不到尉迟光的人。

宅子里空荡荡的，赵行德直奔曹延惠的房间。来到房门口，里面悄无声息。他喊了声："太守！"以为不会有应答，没想到屋里马上传出了曹延惠的声音："是谁？"

"你怎么还在这里！"

"不在这里还能去哪儿？"

"其他人呢？"

"昨晚都去高昌了。"

"那么多行李怎么带走的？"

屋里响起了曹延惠咳嗽似的怪笑。"一群傻蛋！收拾了那么多行李，临出发才想到根本没有骆驼，也找不到驼夫！一群傻蛋！"他说着又怪笑起来，"最后他们只带了点细软走。一群傻蛋！"

"尉迟光没来过吗？"赵行德问道。

"尉迟光？那个坏蛋在里面。"

"他在干什么？"

"随便他干什么。"

赵行德离开曹延惠的房间，沿着回廊朝里院走去。

"尉迟光！"赵行德边走边喊，转过几道弯之后，来到中庭。院子里洒满了阳光，几株植物上开着刺眼的红花。几个男人正在院子里忙碌着。

"尉迟光！"赵行德喊了一声。

立刻有人应声回头，正是尉迟光。"你回来了？"

赵行德走过去，看到他们脚边乱扔着很多包裹。有的被拆开，里面的东西露了出来，有的箱子半开着，还有没拆封的，都散落在地上。

"你们这是干什么？"赵行德问道。

"看看不就知道了？这么多东西，不要说一百头，两百头骆驼都带不走。"

尉迟光看着手下拆行李,粗暴地指示他们哪个留下、哪个扔掉。此时的尉迟光劲头十足。过了一会儿,他似乎才想起赵行德的来意,正色道:"那些东西怎么样了?"

"都藏好了。"赵行德回答。

尉迟光点点头说:"那就好。"然后,他像是把这件事抛到脑后似的,全神贯注地忙碌起来。尉迟光和手下所做的事,可以说是个不知何时才能做完的大工程。曹家人花了几天时间打点好又被迫放弃的行李堆满了中庭、回廊,甚至堆到了另一个院子。

赵行德望着他们忙碌的身影。

"净装些没用的东西!"尉迟光骂骂咧咧地从一个大包中拽出一大卷东西。一名手下帮他全拉了出来。原来是一块巨大的地毯,几乎可以铺小半个院子。

"扔一边去!"尉迟光气冲冲地吼道。

赵行德离开院子,回到曹延惠的房间,曹延惠正独自倚靠在椅子上。他离开满心贪欲、精力充沛的尉迟光,来找无欲无想、孱弱无力的曹延惠。

"太守!"赵行德喊着,走进屋里,"马上就要开战了,你还要待在这里?"

"开战就开战吧,我就待在这里,哪儿也不去。"

"别做傻事,得赶紧离开这里!"

"为什么让我离开？"

"人能活着，就应该尽力活下去。"

"应该尽力活下去？"曹延惠有些惊讶，"你想活下去？想活下去的人，一定能活下去。既然如此，我正好把这个托付给你。"说着，他打开身后的柜子，从里面取出一卷卷轴，"这个请你保存。"

"这是什么？"赵行德接过沉甸甸的卷轴。

"这是节度使曹氏的家谱。"

"为什么要存起来？"

"你存着便是。你想活下去，把它交给你最合适。随你处置，烧了或扔了，怎么都行。"

"那不是和留在这里一样吗？"

"不能留在这里。兄长把它托付给我，我正愁怎么处理呢。交给你，后面的事我就不管了。"曹延惠如释重负，又一次把身体埋进椅中，对家谱再也不看一眼。

赵行德拿着这本家谱，不知如何是好。他有心还给曹延惠，却深知对方肯定不会接受。他只得把家谱揣在身上，走出了曹府。

回到大本营旁边的住处，赵行德不顾一切倒头便睡。不知过了多久，有人叫醒他，说朱王礼派人传来了消息。赵行德出了房门，太阳在头顶高照着，阳光和四周的静谧都让人感到空虚。朱王礼的口信非常简短，正好呼应了当下空虚的感觉：曹贤顺战死。除了朱王礼部队尚未进入战斗，从送信的士兵口里再也问不出其他消息了。

赵行德又睡了过去。浅眠中竟做了一个梦。

赵行德站在沙丘中的断崖顶上，迎着落日，眼前的沙漠仿佛一望无际的大海，低矮的沙丘是起伏的波浪。赵行德所在的沙丘是最高的一座，脚下是陡峭的断崖，崖下长着几棵树，显得非常渺小。断崖不知有几丈深。

赵行德并非独自一人在此处。他一直死死地盯着站在他对面同样凝望着他的朱王礼。朱王礼正对着夕阳，脸上泛着红光。赵行德从未见过老队长的脸这样红过。通红的面庞上，那双大大的眼睛里好像有火焰在燃烧。

突然，朱王礼开口了，眼神也变得温柔起来："我有个东西要交给你，但现在怎么也找不到，就是回鹘郡主的项链。看来是激战中弄丢了。没了项链，我的命数也尽了。深恨不能取李元昊首级，心有不甘，但也只能如此。"

这时赵行德才注意到朱王礼中了好几箭，箭还插在身上。他刚要去拔，朱王礼厉声道："别动！我早就想好了结局，你看着！"朱王礼说着拔出大刀，用双手握住，似乎要将刀尖插入嘴中。

"你干什么？"

就在赵行德大喊的一瞬，朱王礼纵身一跃，头朝下径直跌落崖底。

赵行德被自己的声音惊醒。他不知道自己喊了些什么，但确实出了声。他心跳剧烈，腋下全是汗。就在这时，窗外异常骚乱起来。

赵行德急忙打开门，只见一队又一队士兵举着枯芦苇做成的火把，狂吼着从门前跑过。他立刻飞奔到部队大本营，只见兔唇队长正在营门口疯狂地大喊大叫。举着火把的士兵不知是从哪儿冒出来的，接二连三地出现在对面的巷子里，又从营门前涌向四面八方。

"怎么回事？"赵行德走到队长身边问道。

队长张大有些吓人的兔唇，无声地笑了笑，含混不清地说："放火烧城！烧城！"

"朱王礼呢？"赵行德感到强烈不安。

"统帅阵亡了，刚接到的消息。——快！烧城！烧城！烧完了快撤！"

兔唇勇士情绪激昂，已经听不进赵行德说的任何话了，他挥舞着手臂，不住地狂喊："放火！烧城！"

赵行德登上城墙，想看看城外的战况，却什么都看不见。即将吞没落日的大平原上一片平静。凝神细听，远处似乎隐约有喊杀声，与城里的嘈杂人声完全不同。回头看城里，各处都有浓烟腾空而起。

看来火势已经蔓延开来，只是天还亮着，看不清楚。黑烟渐渐笼罩沙州城的上空。

赵行德从城墙上往下走，忽然发觉世上已经没有什么他必须做的事了。从听到朱王礼死讯的那一刻起，他已经完全失去了精神支柱。老队长活着，他也要活着，老队长不在了，他也生趣全无。他下到地面时，火势越来越猛，到处传来噼噼啪啪的爆裂声。

赵行德走到北城门，在一块大石头上坐了下来。四周空无一人，刚才还在不停大喊的兔唇队长不见了，成群的士兵也都踪影全无。赵行德眼前却清晰地浮现出一位武将的身姿，那是口衔利刃、跳下断崖的朱王礼。想必他是在精疲力竭、刀折矢尽的情况下选择了死亡吧。除了自行了断，他已别无他路。

赵行德久久坐在那里。突然，一阵热风吹到他脸上，他才如梦方醒。火势带来了热风，浓烟也弥漫过来。这时，居然有个人穿过浓烟，跌跌撞撞朝他走来。

"尉迟光！"赵行德不由得大喊一声，从石头上站起身。

尉迟光身后的滚滚浓烟中，又陆陆续续出现了一群骆驼。他一走近，就气势汹汹地责问赵行德："看你们干的傻事，让我白忙活了一天！敌人还没打进来，着急放火烧城干什么？混蛋！"那语气仿佛赵行德就是纵火犯。他随后又厉声命令道："有事做，跟我来！"

"跟你去哪儿？"

"去哪儿？难道你要一直待在这儿？想被烧死啊？"尉

迟光说着先出了城门,然后数了数他带来的骆驼,共有二十头。他示意赵行德骑上一头:"上来!"

赵行德照办了。他本来也无处可去,朱王礼若还活着,他必定要上前线。如今朱王礼不在了,他也不必加入那支分明正在败退的军队。

城外,从东西两侧传来阵阵喊杀声,听着比刚才更近了。

"去哪里?"

"千佛洞。昨晚的东西藏妥当了吧?要是你耍花招搞砸了这桩大买卖,我饶不了你!如今就指望这些货了!"

尉迟光仍在嘟嘟囔囔。赵行德倒也想去千佛洞看看。封洞口的事都交给了那三名僧人,不知道做得怎么样。当时他们已经立即着手,现在应该封好了。

一直走到党河,两人都没有再开口。走过冰封的河面,一进沙漠,就看见远处有二三十人的小股部队从南向西撤退。此后,不断见到南方远远地有部队向西逃去,不时随风传来喊杀声。

"赵行德!"尉迟光向骆驼靠近喊道。看他神色不对,赵行德不由得向后退了一步。尉迟光的骆驼却挡住了去路,赵行德无处可躲。

"那串项链呢?放进洞里了吗?"

赵行德没有回答。

"那就是还在你身上。快点拿过来!别固执了,你拿着它没用。现在不比平时,沙州城烧了,曹家也完了,谁知道明天会怎么样?西夏大军今晚就要打到这一带了,你再磨蹭,不是被杀,就是饿死。"

"饿死"这两个字让赵行德突然感到饥肠辘辘,还是早上在大本营胡乱吃了些东西,之后他滴水未进。

"我还真饿了。你有吃的吗?"

"你也食人间烟火?"尉迟光虽这么说,手却从兽皮上衣的内兜里掏出一个面饼递了过来,"把项链给我。我不会亏待你的。"

"不行。"

"你找死吗?把项链给我,留你一条活命。"

"就是不能给。"

"什么?!"尉迟光作势要扑过去,"杀你不费吹灰之力,别敬酒不吃吃罚酒。难道你想和那些驼夫一个下场?我可是把他们一个没剩全收拾了。"

赵行德听他提到驼夫,心里一惊。他的确不知那二十多名驼夫到哪里去了。

尉迟光突然伸手,抓住了赵行德的前襟。"少废话,快把项链拿出来!"说着,他手腕用力,使劲摇晃着赵行德。

赵行德并不答话,反问道:"驼夫都去哪儿了?"

"被我收拾了。我把他们关在曹府的藏宝库,估计现在已经烤熟了。"

"你为什么要这么做？"

"当然不能让他们活着，谁让他们知道千佛洞的秘密呢！正好有机会把他们都干掉了。现在只剩下你和那三个秃和尚了。你听话，就饶你一命。快，把项链给我！"

"不行！"赵行德斩钉截铁地说。他宁可死，也不愿把项链给尉迟光。朱王礼到死都守着那串项链，只要他还有一口气，也绝对不会放手。

"好说歹说你都不识相，是吧？那老子就宰了你！"

话音未落，尉迟光已把赵行德从驼背上掀了下去。他也一跃而下扑到赵行德身上，对赵行德拳打脚踢。赵行德毫无还手之力，只能任他摆布。赵行德又像从前一样被拎起来猛打，再被狠狠摔到地上乱踢。最后，尉迟光又扑到赵行德身上。

赵行德在恍惚中感觉到尉迟光扯开他的上衣，拽走了他胸前的项链。就在尉迟光握着项链站起的刹那，赵行德拼尽全力向前一蹿，抱住了尉迟光的双腿。尉迟光一个趔趄跌倒在地，两人扭打成一团。尉迟光小心翼翼地握着项链，行动多少有点迟缓，赵行德还是挨打，但比之前挨得轻了很多。

这时，尉迟光骑在赵行德身上，不知为何突然松开手，要起身而去。赵行德却仍死死抱住他的腿。

"放开！"尉迟光大喊道。

赵行德还是不松手。

"放开我！骑兵来了！"

果然，远处传来骑兵队行进时地动山摇的声音。

"放开！你这个混蛋！"

尉迟光喊得更响了，赵行德却抓得更加用力。项链在尉迟光手上，赵行德死也不会放他走。

尉迟光拳脚并用，疯狂地挣扎着要走，赵行德死揪住他不放。就在尉迟光回头看骑兵的刹那，赵行德趁机跳起来去夺他手里的项链。赵行德抓住了项链的一端，另一端还在尉迟光手上。下一个瞬间，项链在空中绷成一条直线，几颗碧绿的玉珠在空中摇晃着，熠熠生辉。

马匹的嘶叫声和马蹄声如怒涛一般，朝两人奔涌过来。眼前不到三十米的山坡上突然冲上来一大队人马，黑压压地布满了山坡。大漠如此广阔，这支大军却仿佛直冲着他们飞奔而来。

一瞬间，赵行德感觉到手中绷紧的项链一下子断开了，他向后翻倒过去。紧接着，一股排山倒海的巨大力量将他撞飞，他沿着斜坡滚落，直到一片洼地才总算停下来。黑压压的一群人马从他头顶轰隆隆地飞奔而过。这时间并不长，赵行德却觉得无比难熬。

清醒过来时，赵行德发现他躺在一处洼地里，身体完全被沙子埋住，无法动弹。他浑身疼痛，不知是被马踢伤了，还是滚落时摔伤了，能活过来已是不可思议。他一动不动地凝望着天空，过了好一会儿，才发现右臂居然还能活动。他慢慢挪动手臂，查探着伤势。忽然，他抬起手臂，只见手指上还缠着那串项链，可项链只剩下一根绳子空荡荡地垂在半空，上面一颗玉珠都没有，一定是崩断的瞬间都飞散了。

夜幕徐徐降临。月亮起初是浅白色的，越来越亮，逐渐染上一抹红晕。星星先只在月亮周围闪耀，不知不觉间已布满天空。赵行德看得出了神，脑子里一片空白。不知为何，他丝毫感受不到夜晚的寒意，只有饥饿感阵阵袭来。他渴望往嘴里放一点东西，哪怕一滴水也好。他四处张望，自然没有任何能入口的东西，只能看见无边无际的沙地。

赵行德突然记起两人动手前，尉迟光曾给过他一个面饼。只要找到面饼，就可以充饥。想到这里，他挣扎着起身，疼得每个骨节似乎都在哀鸣。

这时，赵行德看见不远处有一个人正贴在地上蠕动，立刻意识到那是尉迟光。尉迟光仔细摸索着地面，不时用手拨沙子。赵行德不知道他这是在做什么，但很快就明白过来，他是在寻找项链上散落的玉珠。千军万马踩踏过的沙地上，怎么还可能找得到呢？

赵行德注视着尉迟光那徒劳的努力，完全忘了自己要找那块面饼。月光下，尉迟光起身在原地站了一会儿，才非常缓慢地向前迈出右脚。他上半身和两只手都动作僵硬，好像木偶一般。看来他也受了伤。

赵行德又躺了下来。不知何处传来骆驼的哀鸣。他的意识模糊起来，不知是睡着了还是昏死过去。

第十一章

西夏将大漠践踏在马蹄之下，不仅灭了节度使曹氏家族，还一举击溃长居此地的汉人势力，将整个河西地区收归旗下。除原来统管的夏、银、绥、宥、静五州，又占领了灵、甘、凉、肃、瓜、沙六州，西夏成为名副其实的大国。西方的于阗伊斯兰教徒停止了东迁，并未进入沙州，这也成全了西夏。

李元昊占领沙州后，随即将部队编为左右两厢，设立十二监军司，加强领地各区域的军备力量。宝元元年（公元1038年），李元昊称帝，国号大夏，正式定都兴庆。西夏向宋递交国书，言辞委婉地中断了两国邦交。翌年，宋廷撤去李元昊的赐姓和官爵，下诏悬赏李元昊的首级，又派夏竦、范雍两员大将平定西夏。建国不久，李元昊开始攻击保安军，之后不断进犯宋边境各地，势力日益增强。关中各地为此烦扰不断。

负责平定西夏的官员因意见相左、彼此不和，不断更换人选。夏竦、范雍之后换为韩琦、范仲淹，后来又由陈执中、王沿、庞籍等人接任，然而哪一任都没能阻止李元昊进犯。康定二年（公元1041年），李元昊大举入侵，直达渭水。西夏骑兵在陕西渭北地区纵横驰骋，如入无人之境。泾水、汾水以东各地闭门不战，只求自保。

此时，河西地区的甘州、瓜州等地均有西夏大军驻守，并设监军司。这里不是战争前线，但在举国伐宋的时局下，对待外族人的政策极为严苛，尤其是对汉族人，一律以俘虏来看待。于是，沙州的汉人穿起了西夏服装，就如从前被吐蕃征服后穿戴吐蕃服饰一样。他们弓背缩肩，小心翼翼地走在街上。

节度使曹氏家族下落不明。除曹贤顺战死，其他人仿佛凭空消失了一般，踪迹全无。传言说族中有人亡命于西域的高昌和于阗，但始终没有确切消息。高昌和于阗的商人照旧去河西做生意，但从未带来任何关于曹家的传闻。

沙州落入西夏手中的第四年夏天，坊间传说曹贤顺的内兄被捕斩首，但真假未辨。这是关于曹氏家族的唯一消息。

西夏统治时代，千佛洞有很长一段时间无人问津。虽然李元昊崇尚佛教，西夏人也多信奉佛教，但因与宋连年交战，完全无暇顾及佛教相关事宜。

千佛洞前的三界寺一度沦为西夏军的驻地，被糟蹋得面目全非。军队撤出后，寺里没有住持，完全被荒置了。

曹贤顺内兄被斩一事在坊间流传时，一日，千佛洞所在的鸣沙山下，不知从哪里来了一支约有百头骆驼的商队，在几乎被流沙埋没的山坡下，搭起了十多顶大小不一、形状各异的帐篷，最高大的一顶上挂着一面旗帜，上面画着毗沙门天。傍晚时分，沙漠里刮起强风，旗帜在半空中猎猎作响，上下翻飞。入夜后开始下雨，雨势越来越大，很快就暴雨如注。

深夜，这支商队收起帐篷，沿着山坡向凿有无数石窟的断崖行进。人和骆驼都淋在暴雨中。

在队长的命令下，商队在三界寺旁的广场上停了下来。他们把骆驼留在广场，向千佛洞靠北一侧走去。这时，开始下雨后的第一道闪电划过天空，断崖上的石窟群在青色的强光中隐约浮现。雨水沿山石汇成条条瀑布湍急而下，浅石窟里的大小佛像仿佛从水中跃身而出，从山脚就能望到。驼夫们走在巨大的山坡上，渺小得仿佛是一群蚂蚁。

又一道闪电划过。身影渺小的驼夫们已经排成一列，爬上了三层石窟前的山坡，大约有三四十人。

第三道闪电来得迟了一些，当它照亮四周时，这群人已经来到最下层的一个洞口前。有人拿着铁镐和锤子，还有人扛着粗树桩。

"撞！"随着这声口令在黑暗中发出，撼天动地的惊雷和闪电打破了黑暗，几人扑倒在地，几人四散而逃。一个男人高举双手，扭转着身体，倒在石窟的入口处，黑暗立刻将他吞没了。

暴雨终夜冲刷着鸣沙山，拂晓才停。几名驼夫在石窟的洞口前遭雷击而死，其中一人靠洞口最近，穿着与其他人不同，看样子是商队的首领，只是从焦黑的尸体上已经无从判定他的身份。一个月后，有驼夫说那人自称是尉迟王朝的后裔。

庆历三年（公元1043年）正月，即西夏占领沙州的第六年，西夏与宋暂时修好。连年的战争令双方都损兵折将，国库空虚，议和是形势所迫，却一度僵持。李元昊坚持称王，宋不应允，要求李元昊称臣，并给予宋使臣与契丹使臣同等的礼遇。作为交换，宋每年赏赐西夏绢十万匹、茶叶三万斤。几经交涉后，李元昊形式上称臣，换来加倍的绢和茶。就这样，李元昊舍弃了空名而求取了实利。

两国终究暂且结束了战争。形势恢复和平，李元昊立刻致力振兴佛教。于是，佛寺和僧侣得到保护，各寺院将收集来的佛教典籍集中送到兴庆。一时间，沙州一带几乎每天都有几十头骆驼驮着经卷前往东方。议和成功的那年夏天，三界寺复兴，众多僧侣住进寺里，其中既有汉人也有西夏人。随后，修缮千佛洞的工作开始了。

五年后的秋天，修缮工程完工，在最大的石窟——大佛殿举行了盛大的法会。沙州十七座寺院的几百名比丘和比丘尼前来参加，还有很多人从河西各地聚集至此，只为一睹这场隆重的仪式。

法会当天，从兴庆派来的某范姓官员，发现山坡北部有几座石窟尚未修缮，于是命人再加修葺。

新工程随即开工。此时，沙州城内有一名僧人递交书面申请，自荐修缮一座石窟，工程所需费用将由募捐筹得，劳力也会自行想办法。申请获得了批准。他希望修缮的，是靠近北边三层石窟中最下层的一个洞穴。

三界寺有关修缮千佛洞工程的文件中，记录了僧人的名字、所修石窟的名称及僧人发愿的缘由。据说，僧人在西夏入侵时曾与另外两名僧人一起在石窟中避难，那二人不幸中流箭身亡。他有幸生还，希望借此机会为两位亡友祈福。

宋庆历八年（公元1048年），四十五岁的李元昊身故。此时，西夏与宋已修好六年，他掌管河西地区亦有十二年，生前一直在西夏称王。

李元昊去世后二十几年，宋与西夏再次交恶。继仁宗、英宗后，年轻气盛的神宗即位，他致力收复北部边土，故而与西夏再度交锋。

三十年的太平美梦被惊醒,河西地区再次陷入战乱。这时,一支从于阗到沙州的商队给三界寺带来了于阗出产的玉石和织物等贵重物品。商队中的一人说这是受一位于阗王族后裔所托,且千佛洞中于阗王李圣天施舍的佛洞如果已经荒废,请求修缮。同时,那人还受托于另一人,带来一样东西。那是个小包裹,打开是一封信和一卷卷轴。

信上称,自己有缘得到沙州掌权者曹氏家族的家谱,有意捐赠,望三界寺为曹氏家族举行法事,祈求冥福。如果因曹氏曾任沙州节度使而不便公开此事,则望能在李圣天捐凿的佛洞中祭祀,因为李圣天的女儿曾嫁入曹家,两家多少有些渊源。

这封信同时标注着西夏文字和靠左侧竖写的回鹘文字,笔迹娟秀。用三种文字书写,显然是考虑到不论沙州落入哪一族人手中,信都能够被读懂。信的署名为"大宋国潭州府举人赵行德"。

按照于阗王族后裔的请求,三界寺方面立刻修缮了李圣天捐凿的佛洞,又应写信人之托,将曹氏家谱供奉在洞里的佛坛上。正如赵行德所担心的那样,寺院不敢公开供奉。除了住持,无人知道此处供奉的卷轴是曹氏家谱,更无人知道家谱所记载的内容。

家谱从曹议金开始,详细记载了议金、元德、元深、元忠、延敬、延禄、宗寿、贤顺八代家主的名字、生辰及生平事迹。曹贤顺与西夏争战时败亡，忌日为景祐二年十二月十三日。卷末还附记了曹贤顺的弟弟曹延惠的事迹。曹延惠笃信佛教，西夏入侵沙州时耻于逃亡，独自留守城中，葬身火海。曹延惠的忌日为景祐二年十二月十三日，与曹贤顺相同。家谱上还写着如下文字：

> 方丈室内，化尽十方。一窟之中，宛然三界。檐飞五采，动户迎风。

曹氏家谱只在洞中供奉了一天，之后便移至藏经库收藏，长年未见天日。

此后几百年间，沙州一带几次易主更名。宋朝时归属西夏，失去了沙州之名；元朝时恢复；明朝时称沙州卫；清乾隆年间，又改为敦煌县。所谓敦煌，乃宏大昌盛之意。两汉至隋朝，此地是西方文化向东传播的门户，拥有灿烂辉煌的文化，故而称为敦煌，两千年后又恢复了这一名称。

鸣沙山上的千佛洞也在乾隆年间随地名改称为敦煌石窟。名称虽是如此，敦煌石窟本身却一直未能昌盛起来。它在敦煌附近是人尽皆知，但稍远一些就无人问津了。这种状况一直持续了很多年。

二十世纪初，道士王圆箓来到这里，发现了埋没在风沙中的石窟群。他选择其中一间住下,以便清扫这些石窟。这时距西夏入侵此地,已经过去了八百五十个年头。王道士身材矮小,其貌不扬,一眼便知是个粗鄙之人。

一日,他在洞中清理沙石灰尘,忽然发现甬道北侧墙面有一处鼓了出来,似要塌陷。他尝试用木棒刮掉凸起的部分,随即注意到那部分墙壁发出的声音与别处明显不同。他觉得蹊跷,就拿来一根粗粗的棒子,把一头抵在墙上,用力推了两三下。起初没什么动静,他又用力推了推。忽然,墙壁竟然裂开了,露出一个洞口。他探头望向里面,黑乎乎的,什么也看不见。不过,既然墙土都掉向里面,想必那处有一个洞。

王道士取来铁锹,花了很长时间挖开洞口,还是看不清里面。于是他回到栖身的石窟,拿了蜡烛过去。这一照非同小可,洞中竟密密麻麻地堆满了经卷。

王道士立刻把自己的发现呈报给敦煌县衙,等了许久,衙门却没有什么动作。他不知如何是好,又去请示,只得到妥善保管的命令。

后来,只要有人来参拜千佛洞,王道士就带他们去看自己发现的洞穴和里面堆积如山的经卷,并编些故事述说其由来。就这样,他依靠参观者的施舍,倒也过得衣食无忧。

一九〇七年三月,英国探险家斯坦因来到敦煌一带,他参观了千佛洞,并造访王道士发现的洞穴。大批经卷由他搬出。洞穴里阴森黑暗，王道士自己从不踏入一步，看那洋人居然毫不在意，着实吃了一惊。

斯坦因对经卷很是爱惜，每一卷都小心地展开过目。花了数日，才搬出三分之一。经过洽谈，王道士用这些经卷从英国人手里换来了一笔他从没见过的巨款。他没想到，自己发现的这堆废纸般的卷轴，竟能换来钱财。

这位英国学者本想把经卷全部买走，王道士担心将来官府盘查，再不肯多卖。斯坦因便把买来的六千卷经卷装箱，用四十头骆驼运离了千佛洞。

一九〇八年三月，法国人伯希和也来到敦煌，同样提出要收购洞中所藏的经卷。王道士一方面觉得既然官府对呈报置若罔闻，那他就可以随意处置这些经卷，另一方面又觉得要对官府有个交代。犹豫再三，他决定卖掉一半，留下一半。

五月，伯希和用十辆车拉走了五千卷经卷。

此后，王道士很久没有再靠近这个藏经洞。一是经卷少了，带游客们过去，效果也大不如前，二是他心里总觉得不安，似是他做错了什么。

几年后，又有日本、俄国的探险家相继前来。每次要卖掉经卷时，王道士心里都有些不舍，但还是忍不住换了几个钱。他实在不理解这些外国人为何抢着来买这些旧物。

就在俄国学者走后的第二年，突然从北京来了一支军队,把剩下的经卷一股脑装上马背运走了。王道士害怕被抓,藏了起来,直到军队离开,他来到石窟,才发现洞里已空无一物,连张纸片都没剩下。他举灯进到洞里,一时惊得瞪大双眼,许久不能动弹。原先被挡住的北侧墙壁上的壁画露出了全貌,只见画中僧人袈裟朱红,对面的女子裙摆艳蓝,栩栩如生。

王道士出了石窟,在洞口的石头上坐了下来。洞前树丛繁茂的枝叶微微摇动,他知道是起风了。阳光仍静好如常。王道士茫然望着眼前的景色,一个念头慢慢从心中浮现——藏在洞中的旧纸堆或许真是价值连城的珍宝,否则怎么会有这么多洋人来抢呢?不但他没看出那些经卷的价值,连县衙门的人也都不懂。等被外国人买得所剩无几了,才有北京的军队赶来。他终究还是犯了一个大错,做了几桩极不划算的买卖。王道士觉得他把这辈子最大的好运白白错过了。他这样想着,呆坐了许久。

实际上,这笔宝藏的价值之大,远远超出了王道士的想象。就连把经卷带回去介绍给学术界的斯坦因、伯希和,当时也没能了解其真正价值。

四万余卷经卷种类繁多,其中佛经最为丰富,有三四世纪的梵文贝叶佛经,也有古突厥文、藏文、突厥文、西夏文等语言的佛经;有世上最古老的经文抄本,也有《大藏经》里未收入的典籍;有禅定传灯史这样贵重的资料,也有极富价值的地方志;有摩尼教、景教的教义和史书,也有为古代语言研究带来光明前景的梵文、藏文典籍。此外还有各种史料,足以颠覆以往的东方学、汉学研究。

过了很多年,人们才明白,岂止是东方学,这些经卷竟是改变世界文化史中各个研究领域的珍宝。要验证这一点,还需要更长的时间。

图书在版编目（CIP）数据

敦煌／（日）井上靖著；戴焕，孙容成译.--3版.-- 北京：北京十月文艺出版社，2021.7
ISBN 978-7-5302-2149-5

Ⅰ．①敦… Ⅱ．①井… ②戴… ③孙… Ⅲ．①长篇小说-日本-现代 Ⅳ．①I313.45

中国版本图书馆CIP数据核字（2021）第078321号

著作权合同登记号　图字：01-2021-1929

TONKO
by INOUE Yasushi
Copyright © 1959 by The Heirs of INOUE Yasushi
All rights reserved.
Originally published in Japan.
Chinese (in simplified character only) translation rights arranged with
The Heirs of INOUE Yasushi, Japan
through THE SAKAI AGENCY and BARDON-CHINESE MEDIA AGENCY.

敦煌
DUNHUANG
[日] 井上靖 著
戴焕 孙容成 译

出　　版	北 京 出 版 集 团
	北京十月文艺出版社
地　　址	北京北三环中路6号
邮　　编	100120
网　　址	www.bph.com.cn
发　　行	新经典发行有限公司
	电话 (010)68423599
经　　销	新华书店
印　　刷	北京天宇万达印刷有限公司
版　　次	2021年7月第3版
	2021年7月第1次印刷
开　　本	850毫米×1092毫米　1/32
印　　张	6
字　　数	106千字
书　　号	ISBN 978-7-5302-2149-5
定　　价	49.00元

质量监督电话　010-58572393
如有印装质量问题，由本社负责调换。

版权所有，未经书面许可，不得转载、复制、翻印，违者必究。